KB104527

수요일에
만나요

수요일에 만나요

1판 1쇄 발행 | 2018년 6월 20일

지은이 | 캐나다한인문인협회 수필분과위원회
발행인 | 이선우
펴낸곳 | 도서출판 선우미디어
등록 | 1997. 8. 7 제305-2014-000020
130-100 서울시 동대문구 장한로12길 40, 101동 203호
☎ 2272-3351, 3352 팩스: 2272-5540
sunwoome@hanmail.net

값 12,000원

※ 이 도서의 국립중앙도서관 출판시도서목록(CIP)은 서지정보유통지원시스템 홈페이지(http://seoji.nl.go.kr)와 국가자료공동목록시스템(http://www.nl.go.kr/kolisnet)에서 이용하실 수 있습니다. (CIP제어번호:2018017734)

ISBN 978-89-5658-578-9 03810

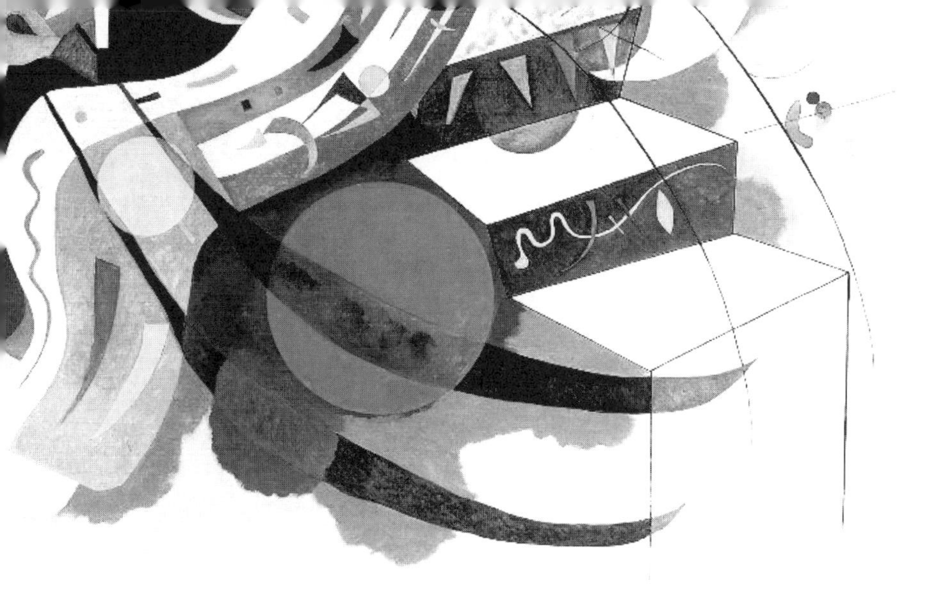

수요일에 만나요

캐나다한인문인협회 수필분과위원회

두 번째 동인지

선우미디어
sunwoomedia

| 책머리에 |

두 번째 동인지를 내며

윤종호

캐나다한인문인협회 수필분과위원장

수필모임이 있는 매달 첫 수요일을 고대하는 것이 나 혼자만은 아닐 것이다. 수필 합평을 하고 문학 이야기를 나누다 보면 시간이 훌쩍 가버리곤 했다. 때로 야외에 나가 일상을 벗은 자유로운 영혼을 체험하기도 했다. 태곳적 미를 고스란히 간직한 캐나다의 대자연은 일상에 묶여 옹졸하게 지내던 우리에게 한없이 크고 넓은 상상의 나래를 달아주었다. 적지 않은 나이들이건만 우리는 창작의 열의로 늦은 밤까지 눈빛을 반짝였고, 에누리 없는 합평에 얼굴을 붉힌 적도 많았다. 이민의 땅에서 걷는 한국문학의 길이 만만치 않지만, 우리의 정신을 늙지 않게 붙들어 주는 글쓰기에 보람을 느껴 십여 년을 한결 같이 걸어왔다.

왜 수필인가? 수필이 좋아서, 아니 수필로 모인 이들과의 만남이 좋아서인지도 모른다. 낯선 문화 풍토에 적응하느라 저마다 분망한 중에도 한국어라는 공통분모로 만들어가는 우리의 수필모임은 그대로가 행복한 세계다. 완성을 향해 나아가는 문학의 길에서 인생이 저물어도 아쉽지 않을 것 같다. 구도의 길을 걷는 도학자의 심정이 되기도 하고, 때로는 무지개를 좇는 아이처럼 산언덕을 오르며 넘어지고 무릎을 다쳐도 아픈 줄을 몰랐다.

예술에는 분야마다 비경(秘境)이 있겠지만, 수필의 길에도 계곡을 찾아든 사람만이 느끼는 은근한 멋과 재미가 있다. 같은 길에서 만난 글벗의 존재는 언제나 많은 용기와 위로가 된다. 어깨동무하여 수필의 숲길을 함께 걷는 것만으로도 우리는 만족하고 행복하다. 서로 부추기면서 완성을 향해 발돋움할 것이다.

이 책은 지난 두 해의 수필공부에서 합평과 퇴고를 거듭하며 건져 올린 소산 중 일부이다. 이민 1세대로서 오늘의 자화상을 수채화처럼 남기고 싶은 마음도 녹여 부었다. 고국 문단의 경향이나 창작법 교육은 김영수 님의 가르침과 조언에 도움 받고 있다. 하지만 필력을 높이는 데는 좋은 수필을 쓰려는 노력이 재능만큼이나 중요하리라 본다. 그 과정은 인생을 보는 눈을 깊게 하고, 숨은 의미를 찾는 수련도 될 것이다.

진솔하고 겸손하며 고아한 품격을 지니는 것이 수필의 특성이다. 물처럼 담담하고 거짓 없는 글로써 감동을 전하려는 우리의 노력이 헛되지 않아, 첫 번째 동인지보다는 한 걸음 향상되었기를 기대하는 마음 간절하다. 나는 수필 문우들이 한마음이 되어 두 번째 동인지를 낼 수 있음에 무엇보다 기쁘고 자랑스럽다.

편집을 맡아주신 유연훈 님과 정성으로 아담한 수필집을 꾸며 주신 선우미디어에 심심한 감사의 뜻을 표합니다.

차례

민정희

정창규

손정숙

김영수

황로사

구상회

원경란

2kay@daum.net

금 간 항아리

마을 사람들이 모두 이용하는 우물이 있다. 그 우물가에는 언제부터인가 아주 큰 항아리 몇 개가 장승처럼 서 있다. 마치 우물을 지키기라도 하듯이. 항아리는 주둥이를 땅에 대고 물구나무서듯 힘겨운 모양을 하고 있다. 얼마나 오래된 항아리인지 무엇 때문에 그곳에 있는지 모른다. 모양으로 봐서 옛날부터 내려온 것이 아닐까, 생각할 정도로 표면은 거칠고 크기 또한 어른들 키만큼이나 크다.

그 항아리는 우리 마을 터줏대감인 호랑이 할머니 소유라는 것을 어른과 아이들 모두 알고 있다. 무심코 그 근처에 다가서기라도 하면 소스라치게 놀라 뒤로 물러선다. 매일 물을 길어가는 많은 이들은 그 항아리로 인해 언젠가 문제가 생길 것이라는 예상을 하며 과연 누가 그 불똥을 맞을까 두려워한다. 대다수의 마을 사람들은 호랑이 할머니가 무서워 마주치지 않으려 적당히 피해 다니는 것을 나는 안다. 그런데 가장 가까운 곳에 우리가 살고 있다. 그래서인지 할머니는 자주 우리 집을 찾아와 어머니한테 마을 사람들에 대한 불만을 털어놓는다. 할머니의 이야기에는 항상 "네, 그렇지요"라고 대답하며 어머니는 말에 토를 달지 않는다. 좋은 이야기보다는 누군가 할머니의 심기를 불편하게 만들었던 이야기를 주로 하기 때문이다.

할머니의 목소리가 담장 밖을 넘어 마을에 쏟아지는 날이면 필시 무슨 일이 생긴 것이다. 그날도 해가 서산마루에 걸터앉아 일몰(日沒)을 알릴 무렵이었다.

"누구냐? 누구냐니까? 조상 대대로 내려온 귀한 항아리를 깨뜨린 놈이 누구냐고?" 울퉁불퉁하고 약간 휘어진 긴 막대기를 들고 금방이라도 후려칠 것 같은 표정으로 소리를 지르며 이리저리 돌아다녔다. 본인이 저지른 일이 아니더라도 모두들 숨죽이고 집 밖에서 들려오는 소리에 귀 기울였다. 과연 누구의 짓이며 어떻게 항아리를 깨뜨렸을까 하고… 항아리의 옹기 조각들이 널브러져 있을 것이라는 상상과는 다르게 그것들은 제 자리에 그대로 서 있었다. 그중 한 항아리에 세로로 길게 금이 간 것이다. 언제 그렇게 되었는지 목격자는 없었다. 하필 그날 할머니가 발견했다는 게 문제였다.

아뿔싸! 그 무서운 불똥은 결국 내게 튀었다. 내가 사고로 팔이 부러져 결석하게 되자 담임선생님께서 하루는 여학생, 그다음 날은 남학생들을 병문안 차 보냈던 것이 화근이 되었다. 바로 그날 남학생들 열댓 명이 우리 집을 방문하여 동네 떠들썩하게 놀다 갔다. 사내아이들이 이리저리 뛰어다니며 놀다가 항아리를 그렇게 만들었다는, 나름 사건의 결말을 내린 할머니는 그 정보를 입수한 즉시 어머니에게 들이닥쳐 어쩔 것이냐고 따졌다. 어머니는 땅이 꺼질 듯 크게 숨을 내쉬었으며 한마디의 변명도 하지 않았다. 근거는 없지만 이유는 될 듯싶으니 잘 알았다는 대답 한마디로 할머니의 입을 막았다. 이런 경우 절대로 할머니를 이길 수 없다고 생각한 나머지 체념해버린 것이다.

어머니는 아궁이에 불을 지피며 저녁밥을 짓고 있었다. 불이 사그라질 때까지 부지깽이로 꺼져가는 불씨를 뒤적이며 침묵을 지키더니, 잘못도 없이 잔뜩 주눅 들어있는 내게 종아리를 걷으라 한다. 회초리로 종아리를 몇 대 맞고 억울한 마음에 분을 삭이지 못하는 내게 어머니는 목에 힘을 주어 말한다. "억울해도 할 수 없다. 억울하게 목숨을 잃은 네 아비의 죽음도 참고 사는데 그깟 것이 뭐 대단하다고…"

항아리에 금이 간 것처럼 어머니 삶의 항아리에 금을 만든 것은 전쟁이 안겨준 아버지의 죽음이었다. 세상 물정 모르는 어머니에게 어린 삼 남매를 남긴 채 억울한 죽음을 당한 아버지, 그 한을 품고 살아가는 어머니에게 항아리 금 간 것쯤이야 무엇이 그리 대단하단 말인가. 지친 몸 이끌고 귀가한 저녁시간 느닷없는 할머니의 호통에 어떤 변명을 하고 싶었겠는가?

아버지를 대신할 수 있는 강한 힘을 만들겠노라고, 티끌만큼의 흐트러짐도 용납하지 않는 자랑스러운 어머니가 되었다. 누구도 내 자식들을 무시할 수 없는 힘은 부끄럽지 않은 어미가 되는 일이었다. 수십 년 동안 어머니 가슴에 품고 있었던 금 간 항아리는 끈적끈적한 자식 사랑으로 땜질하여 던져도 깨지지 않는 놋쇠처럼 변하였다. 불씨가 사그라진 지도 한참이 지나 재마저 온기를 잃어가고 있건만 어머니는 자리를 뜨지 않았다.

얼마 후 우물가의 다른 항아리에도 금이 생겼다. 겨울이 지나고 해동되면서 지(地)면의 압(壓)으로 오랫동안 세워져 있던 항아리에 금이 생겼다는 마을 어른들의 판단에 억울한 누명은 벗을 수가 있었다. 사노라면 여러 가지 사연으로 북받치는 압이 생길 때가 많이 있다. 압이 차올라 다시는 회생할 수 없는 사금파리가 되지 않기 위해 가끔 김을 빼주는 것도 지혜가 아닐는지….

넘친다는 것

길게 줄지어 기다리는 사람들의 끝을 찾아 그 뒤에 내 순서를 만들어본다. 언제부터인가 기다리는 문화에 익숙해져 가고 있다. 느릿느릿 움직이는 이 나라 사람들의 생활이 답답하고 짜증스럽기는 하지만 누구 한 사람 불평하지 않는다. 나 또한 다른 방법이 없는 한 기다림을 즐기는 쪽으로 생각하니 한결 편하다. 차례를 기다리는 동안 커피향을 음미하며 서로 다른 언어로 나누는 이야기에 귀를 기울인다. 기본 언어인 영어보다는 이탈리아, 베트남, 러시아 등 알아들을 수 없는 여러 나라의 말과 그들의 표정에 미소를 흘리고 서 있노라면 어느새 내 차례가 된다.

계산대 저쪽에서 피부가 검은 건장한 청년이 "Hi" 하며 나를 부른다. 한두 번 안면이 있는 얼굴이다. 다가가서 늘 하듯이 "medium black coffee"를 주문한다. 잠시 후 청년이 손에 들고 나온 것은 청년의 외모처럼 긴 모양의 커피잔이다. 원했던 것보다 큰 것을 보고 아니라고 말하려 하니 한쪽 눈을 찡긋 감으며 "좋은 하루, 마담" 하며 건네준다. 순간 다른 직원들의 눈치를 보는 것 같아 거절하지 못하고 받고 보니 돌려줄 수 없게 되었다. 원하는 것보다 작은 것이었다면 쉽게 되돌릴 수 있었을 텐데 큰 것이라 욕심이 났었나, 썩 내키지 않는 것을 받아들고 문을 나서는데 잠시 야릇한 웃음이 내 속을 비웃는다.

운전석 옆에 커피잔을 세워 놓으니 길고 큰 컵이 눈에 거슬린다. 운전 중에 팔에 걸리면 쏟아질 것만 같다. 운전하는 내내 그것으로 불편한 마음이 가시지 않았다. 더욱이 잔을 들고 마시려하니 처음에는 뜨거운 것이 기울이기도 전에 쏟아지나 싶더니 다음은 컵을 한참 들어 올려도 입에 들어오지 않는다. 길게 생긴 잔의 깊이에 익숙하지 않아서 얼마만큼 들어 올려야 되는지 감을 잡을 수 없다. 조심조심 더 높이 들었더니 옷으로 다 쏟아지는 웃지 못할 일이 벌어지고 말았다. 넘치는 호의를 거절하지 못했던 순간의 실수가 크게 후회로 다가왔다.

생활 속에서 일어난 작은 일이기는 하지만 많은 것을 생각게 한다. 넘쳐서 좋은 것은 과연 무엇일까, 있어도 그만, 없어도 그만인 커피 한 잔의 넘침으로도 크게는 사고로 이어질 수 있듯이 어느 것 한 가지도 넘쳐서 좋은 것은 없을 것 같다. 가장 쉬운 예로 김치통에 김치를 조금 많이 담는다 싶으면 익는 과정에서 국물이 넘쳐 난감해지는 일은 자주 겪는 일이기도 하다. 그것 또한 욕심에서 온다. 어느 것도 넘치기보다는 조금은 부족한 것에 애착이 더 간다.

사람의 능력으로 할 수 없는, 자연이 주는 것에도 늘 넘치는 것에서 재앙이 오곤 한다. 넘치면 좋은 일보다 감당하기 어려운 일이 더 많이 일어난다. 자주 일어나는 사건 사고에서도 모든 일은 넘치는 욕심에서 벌어지는 일이다. 조금 부족하지만 넘치지 않을 만큼, 욕심 없이 살 수만 있다면 서로에게 상처를 입히는 힘든 세상이 되지 않으련만….

그릇에 물을 부어 보면 넘치는 것은 내 것이 되지 못한다. 너무 가득 차도 그것을 옮기기조차 어렵다. 그저 조금 부족한 듯 담는다면 그것이야말로 모두 내 것이 된다. 내 안에 있는 작은 욕심들이 때로는 넘쳐 버려지는 것조차도 가지려 하지 않았던가. 작은 밥그릇만 한 나에게 큰 밥솥의 밥을 다 담으려 하며 살아오지는 않았을까 잠시 뒤돌아본다.

커피점 청년의 넘치는 배려는 옷을 버리는 일에서 크게는 사고로 이어 질 수도 있었던 일이다. 넘치는 것은 욕심으로 인한 화를 가져온다는 깨우침을 얻으며 이른 새벽 블랙커피의 향에 취해본다.

틈새

뭉게구름 때문인가 구름 위의 하늘이 더 높아 보인다. 유난히 푸른빛을 띤 하늘에 어제처럼 살갗이 따가우리만치 강한 햇볕이 내리쬐는 한낮이다. 아직 이렇듯 더위가 함께하는데 그 속에 보이지 않는 찬 기운이 섞여 있는 듯하여, 잠시 주위를 두리번거려본다. 여름 끝의 흐트러짐 속에 어느 사이 가을이 스며들었을까? 가늘고 작은 바람이 가슴에 찾아들기 시작한다. 가을 맞을 준비가 되어있지도 않은데… 계절보다 앞서 다가오는 아릿한 전율은 가슴에 틈새가 생겨서 그런가 보다. 보이지 않는 틈새로 들어오는 바람 소리에 미세한 경련이 인다. 아직은 아닌 것 같은데 왜 이리 예민해진 걸까. 이리저리 갈 곳을 찾아 헤매고 다니는 낙엽을 만날 무렵 계절병을 앓곤 한다. 그런데 이 가을에는 푸른 잎이 붉게 물들기도 전 헐렁한 여름옷을 헤치고 스멀스멀 파고든다.

이웃집 벽을 타고 오르는 담쟁이넝쿨의 작은 뿌리들이 벽돌 사이를 파고들듯, 어쩜 내게도 보이지 않는 외로움의 뿌리들이 파고

들어 틈새를 만들었나 보다. 뿌리를 내려 삭아버린 벽돌 사이 실금이 가듯이 가슴에 그런 작은 틈새가 생긴 것이다. 얼마나 견디려나, 틈새로 스며드는 바람이 거세게 몰아치는 날 우르르 벽돌이 부서질 수도 있다. 무너져서는 안 되기에 이렇듯 강한 것처럼 버티며 견뎌 오지 않았던가. 틈새로 불어오는 작은 바람에도 벌써 진저리를 친다. 가을이 깊어지면 열린 틈새로 주체할 수 없을 만큼의 거센 바람이 아픔으로 다가올 것이다.

누구의 탓도 아닌 것이 더 무섭고 두렵다. 해마다 여름의 뒷자락이 보일 때면 틈새로 들어오는 바람소리에 갈 곳 잃은 낙엽이 되어 방황한다. 집시 모양 너절한 옷을 걸치고 배낭 하나 달랑 메고 정처 없이 떠나고 싶기도, 아니면 끝이 보이지 않는 광야를 달려 보고도 싶다. 그러나 그 어떤 것도 틈새로 들어오는 바람막이가 되어주지는 못한다. 누군가에게 간단한 메시지로 벌써 바람소리가 들리네요. 했더니. 아, 자기만 그런가 싶어 안고 있었다네. 그 친구의 말 "바람 가득 담긴 풍선 속에서 퍼석퍼석 공기가 새어나가는 소리가 들린다"고 한다. 동병상련(同病相憐)이라 했던가, 같은 병을 가졌으니 조금은 위로가 된다. 퍼석거리는 바람 다 빠지기 전에 어딘가 떠나고 싶단다. 그래 이렇게 벌어진 틈새로 바람소리가 나면 우린 어딘가 훌훌 떠나고 싶어 한다. 이 작은 틈새로 들어오는 바람이 가슴에 모여 있던 많은 것들을 흔들어 놓는다. 그것들이 틈새가 조금 더 넓어지면 쏴~~ 하고 거센 바람으로 몰아친다. 얼마간의 흔들림 뒤에 제자리에 서 있노라면 그것들은 하나가 되어 감당하기 힘들 정도의 큰 그리움으로 뭉쳐져 있다.

틈새로 새어 나오는 찬바람에, 괴롭다 했던 그리움은 이 가을을 만끽하는 이유다운 이유로 나를 감싸 안는다. 아픔을 안고 바라보는 가을은 깊고 짙음으로 다가온다. 하얗게 바래버린 억새의 멋스러움에 짙어가는 가을을 훑어보며 틈새의 아픔을 위로해본다.

환희

女子의 몸을 주제로 한 그녀의 작품을 만난 것은 그리 오래되지 않았다. 여성의 몸을 아름다움에서 신비의 경지로 이끈 작가는 누구일까? 여인의 側面이나 뒷모습에서 감정을 끌어내려 애쓴 작가의 노련함이 보인다. 조각의 세계에는 문외한인 내게까지 생명체를 보는 듯한 감정이 전해온다.

작가가 전하려 하는 메시지를 놓치지 않으려 감상에 몰두하는 중 유난히 시선을 끄는 여인상이 있다. 옆으로 앉아 있는 흰 폴리에스테르(polyester)소재의 제목은 '환희', 잘록한 허리에 풍만한 엉덩이다. 살포시 솟은 가슴은 여자인 필자도 만지고 싶을 만큼 곱다. 적당한 웨이브를 가진 긴 머리를 뒤로 젖히고 입술을 봉긋이 내민 모습은 마치 금방이라도 날아갈 듯 기쁨을 감추지 못하는 모습이랄까. 기쁨과 행복의 크기가 얼마만큼 크면 환희라는 말을 할 수 있을까 ?

작가는 어떤 생각으로 그 작품에 '환희'라는 제목을 붙였을까 하는 의아함이 머릿속을 메운다. 혼잣말로 환희, 환희, 하며 되새겨 본다. 분명 낯선 언어는 아닌 듯 싶은데 사용해본 기억이 없다. 기쁨이나 행복의 크기가 상상할 수 없을 만큼 클 때 그 말을 써야 하는데, 낯선 낱말에 씁쓸해지는 마음을 들킨 것 같아 피식 웃어 본다. 간혹 지면을 통해 느낀 때는 있었다. 오래된 사진이긴 하지만 해방을 맞았을 때 태극기를 들고 거리로 쏟아져 나온 사람들, 또는 국가를 대표하는 어린 운동선수들이 메달을 획득하였을 때 국민들의 표정은 환희였다.

내게도 환희에 찬 일들이 있었을까 하는 생각으로 잠시 흘러간 시간을 돌아본다. 기쁨과 즐거움이야 바람처럼 지나간다지만, 순간의 행복감도 입안의 단맛이 슬며시 녹아버리듯 다녀갔다. 풍요로운 삶도 누리지 못하면서 늘 바쁜 생활에 젖어 있었다. 간혹 남풍의 훈훈함을, 또는 살을 파고드는 매서운 바람처럼 아픔을 겪기도 하면서 여기까지 왔다.

어쩜 '환희'라는 말 자체를 생각이나 하였을까? 아니 생각도 못하였다. 우리 생활에서 얼마만큼 큰 기쁨이어야 환희를 실감할 수 있을지 상상이 가지 않는다.

입을 봉긋이 내밀고 환희에 찬 여인을 뒤로하며 씁쓸한 웃음을 흘렸다. 잠시 생각 속에 있던 나를 들킨 것 같아 쑥스럽다고나 할까. 작품마다 여성의 굵고 가는 선으로 변화를 주어 풍만함과 섹시함을 한눈에 느낄 수 있게 하였다. 어쩜 생동감 넘치는 엉덩이를 그토록 풍만하게 만들 수 있었는지. 가냘픈 허리선은 한 움큼도 되지 않는 S자여서 보는 이로 하여금 입가에 미소를 저절로 짓게 만들었다. 마치 생명을 불어넣은 작품처럼 점점 더 흥미를 준다. 그녀의 작품에는 그늘이나 외로움, 슬픔 같은 것은 찾을 수가 없었다. 여체에서 뿜어내는 기쁨과 꿈, 행복과 희망을 말하고 있다. 보는 이로 하여금 상상의 나래를 펼 수 있게 구성했다.

일반적으로 여성의 몸을 만드는 작가는 남자일 것이라 생각했는데 분명 작가의 이름은 여자였다. 작가의 성품이나 외모 또한 궁금하기 시작하였다. "뜻이 있는 곳에 길이 있다."는 말처럼 간절히 만나고 싶다는 생각이 그녀를 만나는 행운을 가져왔다. 그녀가 굳이 자신을 작가라고 소개하지 않아도 한눈에 알 수 있었다. 상쾌한 외모에 맑은 목소리와 미모 또한 수려하였다.

왜 작품에 환희나 기쁨의 제목을 붙였는지 설명을 듣지 않아도 느낄 수 있었다. 그래도 애써 질문을 던졌더니 그녀의 대답이 걸작이다. "내 작품을 만나는 모든 이가 행복하기를 바라기 때문이다" 늘 행복한 것을 생각하는 사람에게는 그런 삶이 올 것이라고, 하루를 살아도 기쁜 마음으로 살 수 있기를 꿈꾸자고 한다. 세상을 다 얻은 것 같은 자신감 있는 큰 미소가 그녀의 긍정적인 마인드로 가슴을 훈훈하게 만든다. 그녀의 말대로 '환희'에 찬 날들을 향해 많은 사람이 꿈을 버리지 않는다면, 작가의 표현은 만점을 주어도 되지 않을까 감히 평을 해본다.

김철순

regina.kim0911@gmail.com

파피꽃, 붓 끝에 피다
우연한 만남이 좋다
옹이
김치콩나물국

파피꽃, 붓 끝에 피다

뜰엔 파피꽃이 한창이다.

어느 날, 나이아가라 근처의 작은 마을에 있는 아담한 갤러리를 찾았다. 들어선 입구에서부터 온몸이 전기에 감전된 듯 짜릿했다. 처음 마주한 액자에서부터 마지막까지 모두 파피꽃 그림이었는데 그들의 눈부시고 매혹적인 색채에 아찔했다. 머릿속은 숱한 지난 날의 시간을 불러들였고, 가슴은 발효된 밀가루 반죽처럼 부풀어 올랐다. 금방이라도 꽃물이 묻어날 것만 같은 파피꽃을 내 집 뜰 안에도 들여놓고 싶은 욕심이 일었다.

파피꽃씨를 앞뜰 가장자리에 뿌렸다. 늦은 파종으로 인한 기다림의 시간을 달래며 동네 어귀에 있는, 이웃의 화단에 흐드러지게 핀 파피꽃을 의뭉스럽게 즐겼다. 속으로는 안달했다. 하지만 애타는 맘이 깊어갈수록 파피꽃의 늦은 개화는 아릿한 기억 속으로 날 데려갔다. 다시는 돌아가고 싶지 않았던 아픔의 보자기가 손끝에 매달려 풀어달라고 재촉했다. 땅에 묻은 파피꽃 씨앗이 산고의 고통을 다 겪고 나서야 비로소 뜨거운 입김을 쏟아낼 수 있는 것처럼 묵은 시간과의 재회도 그런 것일까.

십여 년 전 생계를 위해 하던 모든 일을 접어야 했다. 가정형편은 바닥의 바닥을 쳤고, 허공에 매달려 발버둥을 치던 절박한 시간이었다. 그런 궁핍한 형편을 다독이며 이곳 토론토에서 두 시간 반 거리에 있는 온타리오 호숫가 근처의 작은 마을로 이사를 했다. 짐도 풀지 못하고 이사 한 다음 날부터 구멍가게 매니저를 시작했다. 지독히도 알싸했던 파산의 후유증을 삭혀내면서도 그 아픔과 고통을 쏟아내고 담지 못했다. 모든 것을 내려놓아야 했던 순간순간도 외로움 앞에서는 참을 만했다. 늘 사람 속에 파묻혀서도 채워지지 않는 공허한 가슴을 주체할 수가 없어서 아침부터 늦은 밤까지 구멍가게를 쓸고 닦았다. 종일 짧은 영어를 입에 달고 살다가, 밤늦게 식탁에 앉아 식은 밥을 뜰 때면 두드려 맞은 북어포처럼 온몸이 쑤셨다. 지친 몸을 끌고 침대에 얼굴을 묻으면, 밤새 빈 껍질뿐인 꿈을 부둥켜안고 뒤척였다. 그러나 아침은 어김없이 찾아왔다. 집을 나서면 무작정 길을 헤맸다. 그것만이 위로였고 출구였다. 그런데 청명한 날씨 탓이었을까. 어느 날, 뿌연 운무 속을 걷던 나의 시야가 환히 트이는 게 아닌가.

언제부터 날 기다린 것일까. 아니면 무심코 지나친 것일까. 누군가의 휴식 공간을 지켜주는 담장을 따라 만발한 파피꽃의 유혹을 뿌리칠 수가 없었다. 털버덕 주저앉았다. 가슴이 울렁거렸다. 케케묵은 응어리를 토해냈다. 온갖 고뇌와 사념을 눈물의 바다에 띄워 보냈다. 후련했다. 불현듯 퉁퉁 부은 눈앞에 파피꽃 세상이 열리는 게 아닌가. 바람에 살랑대는 파피꽃 사이로 어렴풋한 희망이 뜨거운 열기가 되어 내게로 걸어 나오고 있는 듯했다.

결코, 우연이 아닌 필연이었다. 그리움과 기다림의 관계처럼. 피고지고, 파피꽃은 그 어떤 위로의 말보다 따뜻했다. 하루가 멀다고 찾아가 하소연을 했다. 삶은 왜 그렇게 길고 팍팍하냐고. 그럴 때마다 파피꽃은 필 때 피고 질 때 질 줄 아는 것이 삶이라며 실바람에 하늘거렸다. 파피꽃 하나하나의 생이 서로 다른 모양과 향기를 가지고 피어나듯이 나 나름의 다름과 향내로 지난한 세월을 버텨온 것은 아닐까도 싶었다. 조금은 말랑해진 마음 때문이었을까. 이젠 더는 힘들어하지 말라고, 슬퍼하지 말라고 파피꽃 한 송이 내 등을 다독이며 따스한 마음 한 갈피 옮겨주는 듯했다.

눈맞춤 한 번 못할 것 같았던 파피꽃이 하나둘 세상 나들이를 시작한다. 뒤늦게 핀 파피꽃을 보면서 어제의 일처럼 생생한 아픔을 더듬었지만 이젠 아프지 않다. 고단한 삶을 송두리째 내놓고 싶었던 그때, 가슴 시리게 담았던 파피꽃. 내 안의 뜰에서 여름을 입는다. 사랑 빛 빨강, 주황, 노랑, 분홍, 엷은 보라, 주홍 그리고 살구빛의 파피꽃.

하얀 캔버스에 파피꽃이 핀다. 붓끝이 파르르 떨린다.

우연한 만남이 좋다

만남은 누구에게나 주어진다. 그냥 지나치기도 하지만 어떤 끌림에 한 번쯤 뒤돌아보기도 한다. 신호등이 있는 건널목에서, 카페나 서점 등, 일상의 어느 곳에서나 찰나와 같은 만남이 있다. 서먹함에 순간, 멋쩍은 미소나 눈웃음을 주고받기도 한다. 그런 낯선 인사를 하면서 호기심 가득한 눈빛과 잔잔한 미소가 주는 상쾌함에 마냥 흡족한 하루를 시작하거나 마무리하기도 한다.

때로는 어떤 예감이 불쑥 일어서 가슴을 설레게 하거나 톡톡 튀는 생동감이 여운으로 남는다. 운명적인 만남은 아니지만, 왠지 어디선가 또 만날 것만 같은 사람이 있는가 하면 오랫동안 알고 지냈던 인연처럼 낯익은 얼굴도 있다. 특별한 감정을 나눈 것도 아닌데 잠깐 머물면서 두고 간 첫인상의 향기 때문은 아닐까.

눈을 감으면 어느 날의 풍경이 아련해지고 기억 속의 얼굴은 더욱 선명해진다. 상큼한 웃음이, 인상 좋아 보이는 얼굴이 오버랩 된다. 실소를 금치 못한다. 그러나 우연이든 아니든 만남은 즐거움이다. 거창한 것이 아니라 소소한 마음을 나눈 뒤, 젖어 드는 삶의 아름다움이다. 잠시나마 머문 자리에서 숨기듯 나누던 따뜻한 눈길과 정겨운 말 한마디, 서로의 등을 토닥거리던 격려가 주는 뿌듯함 같은 것이다. 하여 머뭇거리게 되고, 쉽게 그 자리를 뜨지 못하게 되나 보다.

그래서일까. 사람 냄새가 흥건한, 예상치 않은 만남이 좋다. 사느라 받아들일 수밖에 없는, 금이 갔거나 깨진 조각 하나하나의 관계까지도 보듬을 수 있는 만남. 잠시 가졌던 욕심을 슬그머니 내려놓을 수 있고, 서로의 애틋한 미소가 마음의 정화를 가져다주는 만남. 더러는 우연인 듯 무심한 듯해도 그런 만남은 풋풋하고 소탈하다. 잠시 머물다 갈 자리이지만 떨림과 두근거림이 있다. 살아갈 힘이 용솟음치고 주위의 분위기를 북돋우는 재치와 유머가 너울댄다. 뜻하지 않게 눈물 한 방울에도 서로의 옷소매를 적시고 사람 사는 맛이 난다며 진한 감동이 묻어나는 말을 하기도 한다. 거친 삶이 살아 숨 쉬는 시장통이나 생소한 얼굴이 넘쳐나는 일상의 거리가 아닐까 싶다.

이렇듯 누구를 만나든 부담감 없이 머물다 떠나는 산뜻한 만남이 있는가 하면 자신의 의지에 따라 선택한 만남도 있다. 필요와 목적에 의해서나 상대방의 배경에 '혹'해서 비굴하게 다가선 만남. 누구나 다 그런 것은 아니지만 잘못 낀 첫 단추가 모든 것을 어긋나게 하듯이 그런 관계는 시작부터 껄끄럽고 공허하다. 기대가 크면 실망이 큰 만큼 잠시 만남이 주는 포만감에 취해서 필연이다 운명이다, 떠벌리다가 배신감이나 서운한 감정으로 쉽게 돌아서는 경우, 허다하다. 상대방의 있는 그대로의 모습을 인정하기보다는 자신의 욕망과 이해타산을 앞세워 진실을 왜곡하거나 자기 생각을 부풀린다. 시간이 갈수록 만남은 뜨악해진다. 삶의 전부이면서 아무것도 아닐 때 느끼는 감정처럼 영혼이 빠져나간 듯하고 서로의 심장을 뛰게 하던, 더 이상의 울림은 없다. 돌아서면 오물을 뒤집어쓴 것 같은 원망과 아쉬움의 찌꺼기가 남을 뿐이다.

그러나 스치듯 지나가는 인연에는 약방의 감초 같은 아름다움이 있다. 그 아름다움 때문에 우연이 숙명처럼 느껴지기도 한다. 예상조차 할 수 없는 사소한 만남이지만 부러움이나 시샘 없이 순간이나마 진실할 수 있기 때문이다. 조금은 세상 물정 모르는 듯한 의아한 표정과 어눌한 모습이 오히려 순박하고 정겹다. 사심과 악의 없이 무엇을 나누었는지조차도 가늠할 수 없는 우연한 만남이 연연의 시작은 아닐까. 문득, 옷깃만 스쳐도 인연이다, 라는 말이 주는 만남의 무게가 소중하게 가슴에 와 닿는다.

나는 우연한 만남이 좋다. 그 우연과 우연 사이에는 보일 듯 말 듯한 인연의 고리가 있기 때문이다. 크든 작든, 단 한 번의 진실한 인연을 마주하기 위하여 수많은 만남의 홍수 속을 걸어가는 건 아닌지 모른다. 우연찮은 만남 뒤, 예기치 않은 작은 인연의 꽃이 하염없이 피어나기에 깨알처럼 쏟아지는 삶의 기쁨 또한 덤으로 주어지는 것이 아닐까.

옹이

을씨년스러운 겨울 숲에 들면 나는 한 그루의 나목이 된다. 잘생긴 나무보다는 온몸에 옹이가 박힌 흉물스러운 모습의 나무. 그런 나무에서는 신음이 들린다. 몇 날 며칠을 삭이고 삭여야만 하는 생채기라도 있는 것처럼. 나에게도 아픔과 상처가 있다. 세월의 이불로 덮어 놓은, 가슴속 응어리. 오랫동안 끌어안고 끙끙대다 보면 촛농처럼 녹아내린 회한(悔恨)이 삶의 곳곳에 밀려든다. 잔잔하게 때로는 휘몰아치듯이.

초등학교 입학식 날이었다. 마음이 달뜬 나는 어머니의 손을 잡고 학교에 갈 생각에 며칠 전부터 잠을 설치면서 손꼽아 기다렸다. 남루하지만 깨끗하게 세탁된 옷을 입고 설레는 마음으로 마당에 나섰다. 한참 기대에 부푼 나에게 뒷집에 사는 동갑내기 친구의 엄마를 따라가라는 어머니의 말은 청천벽력(靑天霹靂)이었다. 내 엄마는 누구냐고, 울며불며 떼를 쓰다가 도착한 학교 운동장은 소란했다. 누군가와 함께 와 있다는 뿌듯함인지 든든함인지 왁자지껄한 아이들을 부러움과 시샘으로 힐끔거리면서 슬그머니 줄의 맨 끄트머리에 가 섰다. 입학식 내내 주눅이 든 아이처럼 땅만 바라보다가 집으로 돌아왔다. 마음 둘 곳을 찾다가 썰렁한 골방에 들어가 이불을 뒤집어쓰고 얼마나 울었을까.

그러나 하룻밤 자고 나면 언제 서러웠느냐는 듯이 나의 하루는 눈부셨다. 천연덕스럽게 내가 있어야 할 자리로 돌아왔다. 어쩌면 유년은 수많은 시행착오를 겪은 시간적 성숙기였는지도 모른다. 어느덧 중학생이 된 나는 학급에서 맨 앞줄 아니면 두 번째 줄에 앉을 정도로, 키가 큰 편이 아니었다. 그런데 제대로 먹지 못했음에도 불구하고 일 년 사이에 십여 센티가 넘게 훌쩍 자라서 모두를 놀라게 했다. 덩달아 작아진 교복은 더 입을 수가 없었다. 당장 새 교복을 해내라며 날마다 어머니를 졸랐다. 뭘 먹어서 키만 크냐는 듯, 어머니의 눈길이 곱지 않았다. 요즘 같으면 시루 턱을 넘실거리는 콩나물처럼 쑥쑥 자라는 자식이 대견하다고 지켜보는 부모의 마음이 흐뭇할 텐데. 어머니의 얼굴에 그늘지는 것을 바라보며 가난한 집에 태어난 원망과 슬픔으로, 하루에도 몇 번씩 정체성의 혼란을 겪으면서 위태위태한 소년기를 보내야만 했다.

크고 작은 아픔과 상처를 가슴에 쌓으면서 보낸 청춘은 길고도 짧았다. 결혼 후, 미국에 이주할 계획을 세웠다. 최대한 절약하고 검소하게 결혼식을 치렀다. 결혼 패물을 생략하고 살림 도구는 장만하지 않았다. 통장 하나로 맞교환한 결혼식은 부풀어 오른 희망으로 서글프지 않았다. 그러던 중에 이주의 꿈을 포기해야만 했다. 서울로 올라와 불광동 은혜 초등학교 뒷산 언덕 중턱에 있는 사글셋방에 둥지를 틀었다. 이불 한 채가 전부인 신혼을 시작했다. 부엌살림은 시어머니의 손때가 묻은 것으로 챙겨 왔다. 소꿉장난하듯 단출하게 시작한 신혼살림이었기에 날이 갈수록 방이며 부엌에 들여놓고 싶은 것이 늘어만 갔다. 늘어갈수록 가슴 한 구석에서 섭섭하고 언짢은 마음이 스멀스멀 피어올랐다. 미국으로 떠날 때 경제적 도움을 주겠다던 나름의 언약이 있었던 터라 이제나저제나 그 약속이 지켜지기를 기다렸다. 신혼의 단꿈에 젖어 있어야 할 나는 옹색한 살림에 어머니에 대한 불평과 불만으로 얼마나 자주 밤잠을 설쳤는지 모른다.

한 아이의 어미가 되면서 어머니를 바라보는 내 마음도 달라지기 시작했다. 캐나다로 이주 후, 삶이 모질고 견뎌내기 힘들수록 어머니를 향한 그리움은 깊어만 갔다. 그러던 중 어머니가 치매로 고생하신다는 소식을 듣고 서둘러 딸아이와 함께 친정에 갔다. 찜통 같은 더위와 씨름하면서 삼대가 모여, 생애 두 번 다시없을 소중한 시간을 보냈다. 아이 같은 어머니와 함께, 당신이 내게 그랬던 것처럼 씻기고 입히고 함께 먹고 자면서 서로의 가슴에 품었던 생채기가 조금이나마 녹아내리기를 소망했다.

그 후 다섯 해가 지난 늦가을이었다. 먼저 도착한 형제는 어머니와의 이별을 준비하느라 바빴다. 열다섯 시간이 넘는 비행기와 기차를 타고 간 피로가 한꺼번에 몰려왔지만, 안방 아랫목에 누워 계신 어머니 앞에 다소곳이 앉았다. 어머니의 손을 잡았다. 온기가 빠져나간 손은 까칠했다. 숨소리조차 미약했다. 불길한 예감에 가슴이 철렁 내려앉았다. 야윈 어머니의 가슴에 엎드려 살며시 얼굴을 묻고는 서러웠던 기억의 보따리를 하나하나씩 풀기 시작했다. 꽤 오랜 시간을 내 속에 있는 말만 털어놓았다. 문득, 나로 인하여 당신이 받았을 아픔과 상처가 떠올랐다. 마지막이 될지도 모르는 그 순간조차 나는, 내 고통만 생각했다. 제대로 어머니의 마음을 헤아리지 못하고 서툰 사랑의 표현조차 제때에 하지 못한 아쉬움이 몰려왔다. 그러나 모든 것을 다 잊고 천국으로 가시라는 귀엣말을 해야만 했다. 북받쳐 오르는 눈물을 주체할 수가 없었다. 아무것도 의식하지 못한다고 생각했던 어머니는 눈가를 적셨다. 마치 철부지인 나를 기다리기라도 한 것처럼. 사랑하지만 원수 같았을 자식에게 무조건 베풀고도 더 주지 못해 미안해하던 어머니. 울먹이며 못난 자식을 용서하세요, 라고 속삭였다. 그 말에 어머니는 위로가 되었을까. 다음 날 새벽, 칠 년 반을 치매로 고생하신 어머니는 모든 인륜대사(人倫大事)를 마치고 난 뒤의 후련한 마음처럼 편안하게 눈을 감으셨다.

'가지 많은 나무는 바람 잘 날 없다'고 한다. 자식이 많으면 걱정 근심이 끊이질 않는다는 부모의 마음을 헤아린 말이다. 평생 육 남매를 키우느라 애간장이 녹아내렸을 어머니. 애물단지인 나로 인하여 더 가슴앓이 하셨을 어머니 생각에 자꾸만 후회와 서글픔이 차오른다. 그 과정이 거듭될수록 사람의 숲에 벌거숭이 나무처럼 서 있는 나를 만난다.

나는 안다. 눈물을 흘린 만큼 옹이의 무늬가 아름답다는 것을.

김치콩나물국

오뉴월 감기는 개도 안 걸린다는 데, 팔다리가 쑤시고 콧물이 쉴 새 없이 흘러내린다. 아픈 사람만 서럽다더니. 물에 빠진 생쥐처럼 축 늘어진 채, 제 설움에 북받쳐 무슨 시위라도 하는 양 몸을 이리저리 뒤척인다. 남편이 다가와 팔다리를 주무르고 이마에 물수건을 얹어주지만 그를 바라보는 내 마음이 곱지 않다. 아픈 것이 그의 잘못도 아니건만 짜증 섞인 내 눈빛이 거슬리는지 슬그머니 일어나 위층으로 올라간다.

입맛이 없다고 끓여 온 죽을 거들떠보지도 않는 나를 한참 서서 바라보다가 미안함인지 안타까움인지 돌아서는 그의 등 뒤로 쌩하니 찬바람이 인다. 마치 뭐가 잘났느냐고, 참는 데도 한계가 있다는 듯이 말이다. 그러나 삼십오 년을 함께 살고도 아내의 입맛을 모르는 남편이 야속하기만 하다. 변덕이 죽 끓듯 하는 나의 비위를 맞추기가 어려웠는지 거들떠보지도 않고 소파에 앉아 책만 읽고 있다. 속으론 한 번만 더 먹고 싶은 게 없는지 혹, 당기는 게 없느냐고 물어봤으면 좋으련만.

달그락거리는 소리가 들려온다. 잔뜩 기대를 걸고 부스스한 머리를 쓸어 올리며 침대에 기대앉는다. 밥을 안치고 내려온 듯 그의 손에 물기가 묻어 있다. "쌀뜨물은 냄비에 받아 놨는데, 김치콩나물국 어떻게 끓여?" 묻는 그의 얼굴이 오늘따라 빛이 난다. "먼저 익은 김치를 송송 썰어놓고요. 씻은 콩나물을 냄비에 담은 후, 그 위에 썬 김치를 올려놓으세요." 순간 애교 넘치는 나의 목소리가 내가 듣기에도 낯이 간지럽다. 좀 전만 해도 원수가 따로 없다고 속으로 툴툴거렸는데, 배고픔을 이길 재간이 없나 보다. 얼마 후, 김칫국물의 매콤한 내음이 계단을 타고 내려와 내 코끝을 간질인다. 며칠간 속을 비운 탓인지 온몸의 세포가 먹기 위해 준비라도 하는 것처럼 파르르 떨리는 듯하다.

"냉동고에 있는 떡 첨을 몇 개 넣어볼까?" 남편의 물음에 나는 망설인다. 속으론 그런 고민조차 즐겁다. 순간 눈이 마주친다. 찰나와 같은 눈대답에 그의 표정이 환해진다. 그래서 부부는 일심동체라고 하나 보다. 하지만 아니라도 좋다, 한소끔 끓어오를 때까지 뚜껑을 열지 않고 기다린다. 콩나물의 비린내를 막기 위함이다. 어떻게 그걸 알았는지 큰 비밀을 공유한 느낌이다. 흐뭇해 보이는 남편의 얼굴이 아내가 원한다면 당장이라도 어떤 음식이든지 만들 수 있다는 자신감으로 가득하다. 그런 그를 바라보는 내 마음도 뿌듯하다. 어디서 들었는지 누가 하는 것을 보았는지 보글보글 끓어오르는 김치 콩나물국을 새우젓으로 간을 맞춘다. "마지막으로 생강을 다져 넣으면 국물 맛이 개운하고 매콤해요." 풀 죽은 목소리에 숨어있는 나의 어리광이 능청스럽게 감쪽같다.

아직도 나만의 매력이 있는, 여자라는 것을 은근슬쩍 보여주고 싶은 마음이었나 보다. 국물과 어우러져도 자신의 고유한 맛을 잃지 않는 생강처럼. 훅 가슴을 파고드는 국 냄새에 오래 기다렸다는 듯이 빈속이 요동치기 시작한다. 얼큰하게 끓여낸 국물에 하얀 쌀밥 한술 말아 놓고 재촉하는 남편의 눈빛이 살갑다. 땀을 뻘뻘 흘리며 한 사발을 뚝딱 해치우고 나니 콧물 닦아내기에 바쁘다. 얼큰하고 시원한 국물과 아삭아삭 씹히는 콩나물 때문일까, 아니면 그가 곁에 있기 때문일까. 얼굴에 화색이 돌자 어느새 물찬 제비처럼 유년 시절의 그날로 달려가는 내가 보인다.

초등학교 5~6학년 때의 일이다. 지독한 감기에 걸려 학교를 며칠째 쉬어야만 했다. 늘 아버지의 자리였던 따뜻한 아랫목에 누워 얼마나 잤는지 모르겠다. 뉘엿뉘엿 넘어가는 해가 안방 방문에 긴 그림자를 드리우고 있었다. 일어나 앉아 열에 들뜬 눈으로 주위를 살피니 어머니는 어디를 가셨는지 빈집처럼 적막했다. 순간, 나 홀로 있다는 설움과 두려움이 밀려왔다. 어머니의 치맛자락 스치는 소리에 귀를 세우며 당신이 계시다는 안도감에 휑한 집이 두렵지 않았는데. 그러나 아픔과 무서움도 잠시, 허기진 배를 참을 수가 없었다. 일어서자 다리가 후들거렸다. 부엌문을 열고 들어섰다. 문틈으로 쏟아져 들어온 저녁 햇살이 부뚜막 위에서 마지막 무대에 오른 발레리나처럼 춤을 추며 나를 반겼다. 연탄아궁이엔 김치 콩나물국이 보글보글 끓고 있었다. 어머니는 어떻게 내가 그 시간에 일어날 것을 알았을까. 멸치 몇 마리가 보이는 뜨거운 국물에 밥을 말았다. 부뚜막에 앉아 허겁지겁 먹고 나니 막혔던 콧구멍이 뚫리고, 답답한 가슴이 풀리는 게 아닌가. 마치 어머니의 따뜻한 손길이 내 이마에 닿은 것처럼.

국 한 그릇에 뭉쳤던 마음이 녹아내린다. 어쩌면 살아간다는 것은 따끈한 국물 같은 사람이 되는 일인지도 모른다. 미리 알아서 해주길 바라는 마음 한구석을 내려놓았을 뿐인데도 착각인지 아닌지 남편을 향한 섭섭함을 조금은 덜어낸 기분이다. 애정이 식었든 식지 않았든 예나 지금이나 한결같이 개운한 김치 콩나물국처럼 더도 덜도 아닌 지금 이대로의 친구 같은 마음으로 백년해로하고 싶다면 지나친 욕심일까.

김인숙

myspeechlady@hotmail.com

어머니의 서사시
까마귀가 울면
아가씨가 핫한가요, 쿨한가요?(Is she hot or cool)
마지막 문장

어머니의 서사시

오늘 시어머니께서 이를 뽑으셔서 저녁 시간에 죽을 들고 들려보았다. 이미 잠자리에 드셨다 나오셔서 반갑게 맞아주신다. 피곤하실 텐데 앉아서 이런저런 이야기를 시작하신다. 곧 이야기는 큰 손자가 오래전에 돌아가신 할아버지를 어쩌면 그리도 쏙 빼어 닮았는지, 씨도둑은 할 수 없다고 하시며, 늘 듣는 이야기를 되풀이하신다.

아흔이 넘으신 어머니는 요사이 똑같은 몇 가지 이야기를 기회가 있을 때마다 거듭해 들려주신다. 그렇다고 특별히 기억력이 떨어졌거나, 치매 증세가 있는 것도 아니다. 단지 외출이나, 만나는 사람 수가 줄어들면서 생활이 단순해지셨다. 대신 혼자 지내시며, 지나간 삶을 되돌아보는 시간이 많아졌을 뿐이다.

늘 하시는 말씀은, 신혼 때 부대 옆에 방 한 칸을 얻어 사신 이야기로 시작된다. 도시의 언니가 부부싸움만 하면 동생 집으로 들이닥쳐 새신랑이 집에도 오지 못했던 이야기로 이어진다. 당신의 어머님과 아버님이 그리고 오빠들이 몇 명씩 있었는데 부모님이 막내딸인 본인 앞에서 세상을 뜨셨다는 이야기, 또 직장 생활을 하실 때 부하 직원이 출산 후 젖이 넘쳐흘러 점심시간에 집에 보내 아기에게 젖을 먹이게 하던 일 등으로 끊이지 않고 이어가신다. 이야기 중에는 남편의 전사 후, 6개월짜리 아들을 데리고 혼자 피난길에 오르신 가슴 아픈 일도 있지만, 특별히 애타하거나 후회스러운 마음을 표현하는 일도 없다. 그냥 이야기는 꼬리에 꼬리를 물고 이어지며 늘 비슷한 순서로 엮어나가신다. 얼마큼 어머니의 말씀을 듣고 있으면, 어머니는 좀 더 진지해지며, "그래도 이렇게 좋은 곳에 와서 살면서, 지난 40여 년 너와 내가 한 번도 얼굴 붉힌 일 없이 이렇게 사랑 속에 살고 있으니 얼마나 좋으냐." 라고 하신다. 그리고 그 말은 이야기가 대강 끝나고 있음을 알게 한다.

몇 년 전 터키를 여행할 기회가 있었다. 정해진 방문지 중에 호머의 일리아드의 배경이 되었던 트로이가 들어있었다. 서구 문학의 시초이고, 그리스 철학의 근거작이 되었던 일리아드와 오디세이의 출산지라고 믿는 곳이었다. 입구에 관광객들이 사진을 찍을 수 있게 나무로 만든 말이 세워져 있고, 주변에는 오랜 세월을 두고 여러 문명이 스쳐 간 흔적을 남기는 유적지가 펼쳐져 있었다. 고고학자들이 파 내려간 지층을 유심히 살펴보면, 다른 종류의 돌과 연장들이 겹겹이 층을 이루고 있어, 그 땅에 정착했던 문명의 순서와 또 각 문명의 삶의 형태들을 보여주면서 그곳의 긴 역사를 상상하게 해준다.

문학 평론가 '밀만 페리'는 호머의 서사시는 호머가 앉은 자리에서 써 내려 간 이야기가 아니고, 그 이전에 오랜 세월을 비슷한 이야기가 입에서 입으로 전해지면서 생긴 이야기들이라고 믿고 있다. 구설로 전해지는 이야기는 늘 같은 내용으로 전해지는 것이 아니고, 삶의 배경과 상황에 따라 바뀌어 갔을 것이라 말한다. 그래도 이야기가 오랜 세월 기억되려면, 인간 삶을 상징하는 비유들이 깃들고, 전형적 표현들과[Formulae], 어떤 일률적인 구성을 갖추면, 끝에는 서사시로 기록되었을 것이라 주장한다.

젊은 색시가 전방에 묻혀, 어린아이까지 데리고 생활할 때는, 어쩌면 느닷없이 찾아와 방을 차지하는 언니와 조카가 반갑고 위안이 되었을지도 모른다. 남편이 며칠 집에 들어올 틈이 없다고 하여 뭐 그리 큰 문제가 되랴 싶었을 것이다. 하지만 지금 어머니께서 기억하는 그날들은 곧 세상을 하직할 젊은 남편이 가족과 다정히 보낼 수 있었던 많지 않은 마지막 날들이 되고만 것이다. 시간은 지나고 난 다음에 그 모습이 더 확실해진다. 어떤 날은 너무나 젊은 나이에 간 그가 가여워 생각이 나고, 간혹 언니가 원망스러운 마음에 그때 일이 떠오르고, 아니면, 기차에서 처음 만난 날부터 그에게 받은 젊은 날의 사랑이 그리워, 그 이야기는 어머니 뇌리를 떠나지 못하고 매일 되풀이 전개되곤 한다.

어머니의 90 평생은 긴 세월이었다. 끊임없이 이어지던 일상은 머릿속에 별 흔적을 남기지 못한다. 하지만, 어머니의 가슴 속에는 세월이 가도 사그라지지 않은 뜨거운 불씨들이 삶의 결정체로 남아있다. 그 떨칠 수 없는 기억들을 매일 거듭 회상하며 잊지 않고 앞에 앉은 며느리를 보며 "너와 내가 보낸 긴 세월 동안 나눈 사랑"을 이야기하며 말씀을 거두는 모습은 늘 나의 마음을 흔든다. 어머니께선 이제 당신 삶의 모든 기쁨과 아픔은 누구를 사랑하는 일에서 시작되었음을 뼛속 깊이 아시게 되었을 것이다. 남편도 형제들도 친구도 모두 떠나, 이제는 그들과 같이 한 사랑의 모습은 더 바꾸어 볼 수가 없다는 애절한 마음 끝에, 어머니는 이제 당신의 곁을 지키는 자식들에게는 가슴에 쌓인 모든 회한을 담아 사랑을 고백하며 이야기를 끝내시는 것이다.

노인에게서 그런 사랑의 고백을 받으면서도, 나는 묵묵히 "피곤하시겠어요. 이젠 주무세요." 하며 돌아서곤 한다. 언젠가 나도 나의 삶이 한편의 서사시로 엮어질 날이 오면, 평생 쉽게 전하지 못하고 마음속에 감추어 두었던 사랑을 뒤늦게 되뇔 것이다.

까마귀가 울면

수잔은 서로의 아이들을 통해서 알게 된 친구다. 금발의 멋진 수잔은 대학에서 불어를 가르치고 변호사인 남편과 사이에 딸 둘을 둔, 부족한 것이 없어 보이는 사람이다. 그 수잔이 가끔 우울증 증세가 있어 깊은 암흑의 골짜기를 헤매곤 한다. 그럴 때면 그녀의 표정은 초점을 잃은 생소한 사람으로 변하고, 온 집안은 검은 침묵으로 채워진다. 아이들도 돌보지 못하고 온종일 침대에서 일어나지 못하며 애쓰는 날들이 계속되기도 한다.

그날도 아이들을 학교에 데려다주고 돌아서면서 서로 얼굴이 마주쳤다. 말하지 않아도 수잔이 또 우울증의 소용돌이에 휘말려 있는 날이 분명한 얼굴이다. 인사말을 건네기도 힘들었지만, 어쩌다 보니 둘이서 드라이브를 하게 되었다. 내가 운전을 하고 그녀는 옆 좌석에서 앞에 전개되는 길에 눈길을 고정하곤 말없이 앉아 있었다. 나는 어디로 가면 그녀의 마음에 위로가 될까 생각하며 이리저리 핸들을 돌리면서 간단한 질문들을 건네 보았지만,

곧 그것들이 그녀를 힘들게 할 뿐이라는 느낌이 들어 그냥 차만 몰 뿐이었다. 힐끔힐끔 곁눈으로 그녀의 다듬지 못한 머리나 창백하고 가련한 표정이 보이고 차창이 터질 듯한 침묵만이 계속되었다. 나까지도 답답해지고 마치 그녀와 나만이 알지 못하는 딴 세상으로 가고 있는 듯한 두려움과 불안한 마음까지도 들었다.

시내를 벗어나 농토와 숲이 보이는 외곽으로 들어섰다. 그때 갑자기 한 떼의 까마귀가 까악까악 울어대며 차 앞을 지나갔다. 수잔의 생각으로 꽉 차 있던 내 의식이 흔들리며, 간절한 소망이 머릿속을 스쳐 갔다. 옛날에 한국에서 까치가 울면 좋은 소식이 있다는 소리를 들으며 살았는데, 저 새들이 까치였으면, 수잔에게 좋은 소식이 온다는 이야기를 해줄 수 있고, 그러면 그녀가 작은 희망을 품을 수 있지 않을까 하는 생각이 들었다.

그런데 나는 까치가 어떻게 생겼는지도 모르고 캐나다에 까치가 있다는 소리를 들어 본 적이 없다. 생각이 여기에 미치자 나는 고개를 돌려 수잔에게 이야기했다. “수잔, 우리 한국에서는 까마귀가 노래하면 정말 기쁜 소식이 온다고 사람들이 얼마나 좋아하는지 몰라. 저렇게 많은 까마귀가 우리 앞에서 노래하는 것을 보니까 너하고 나한테 무슨 좋은 일이 생길 것 같아.” 그러면서 나는 나에게 오늘 생길지도 모를 좋은 일들을 나열해 갔다. 얼마큼 듣고 있던 수잔이 “나도 오늘 저녁에 남편 피터가 꽃을 잔뜩 사 들고 올 것 같아. 그는 나를 사랑해. 나는 정말 그의 사랑에 감사하고 있어” 하고 말했다.

얼마 후 조금 기분이 달라진 수잔이 “이곳에서도 까마귀는 강하고 영험한 새라고 믿고 있어. 그래서 캐나다 원주민 중에도 까마귀를 자기 부족의 상징으로 많이 삼고 있잖아. 정말 저렇게 까마귀가 내 앞을 날며 소리 지르는 것이, 나를 응원하고 있나 봐." 하면서 이제까지의 침묵을 깨었다. 수잔은 강해져야 한다는 생각을 하는 것 같았고, 나는 그녀가 몇 마디 말을 한다는 사실만으로도 어깨가 가벼워진 듯했다. 용기를 얻은 나는 수잔을 설득하여 간단히 점심을 하고 그녀를 다시 학교 앞에 주차된 그의 차에 데려다주었다.

요사이 전문의들은 우울증의 큰 이유가 뇌 속의 어떤 화학 물질의 불균형에 있다는 발표들을 하고 있다. 간단히 말해 위산이 많아 위가 아픈 것처럼 몸의 병이라고 한다. 하지만 그렇게 단지 병이라고 하기에는 그 증세가 너무 안타깝고, 본인은 물론 가족 전체에 평생 짐이 되는 병이다. 그날 작은 공간에서 그녀와 같이 앉아 말로 설명할 수 없는 우울증의 절박한 상황을 경험하면서 나는 그녀에게 조금이라도 위로를 줄 수 있는 말을 애타게 찾은 것이다.

며칠 후 아이들과 공원에 갔다가 수잔과 그녀의 딸들을 보게 되었다. 그날은 수잔도 밝은 표정이고 아무 걱정이 없는 사람 같았다. 엄마 둘이서 공원 벤치에 앉아 아이들의 그네 타는 모습을 바라보는 평화로운 시간이었다. 갑자기 수잔이 내 쪽으로 고개를 돌리더니, 한국에서 행운을 가져오는 새가 까마귀가 아니라 까치인 것을 아느냐고 물으며 짓궂은 표정을 짓는다. 자기 학교의 한국 학생에게 들었단다. 그 말을 하면서 수잔은 나의 어깨를 끌어

안으며 "멜 씨(고마워)"라고 낮은 소리로 말했다.

오늘도 출근길에 소나무 숲에서 까마귀 서너 마리가 하늘로 치솟았다. 수잔 생각이 나며, 그녀가 밝은 하루를 보낼 것 같아 작은 안도가 가슴을 채운다. 까치도 괜찮고 까마귀도 상관없다. 아니, 하늘을 나는 모든 새를 볼 때마다 좋은 소식이 있으리라고 믿어야 살 수 있는 사람들이 있기 때문이다.

아가씨가 핫한가요, 쿨한가요?(Is she hot or cool?)

아들만 둘을 키우다 보니 우리 집에는 늘 아이들의 친구 사내 녀석들이 벅적거린다. 고등학교 때는 밴드 연습을 한다고들 모여 한참 소란을 피우다 배가 고파지면, 모두 부엌으로 올라와 피자도 시켜 먹고, 햄버거도 구워 먹는다. 남자 아이들이 모이면 늘 이야기의 대상은 여학생들로 돌아간다. 지금 사귀는 아가씨들, 슬쩍 마음을 준 아가씨들 말을 꺼냈다. 거절당한 아가씨들 이야기다. 부엌 구석에서 슬며시 귀를 기울이는 나의 귀에 제일 많이 들리는 문장은 “Is she hot (화끈한 여자냐)?” 하는 질문이거나, “Wow, she is so hot (와, 그 여자애 화끈해)” 하는 감탄사이다. “핫한 여자”라니, 아마도 얼굴이 예쁘다거나, 몸매가 늘씬하고 멋있어 보기만 하면 가슴이 뛰고 얼굴이 빨개지는 뜨거움을 가져다주는 그런 아가씨라는 말이 아닌가 생각된다.

고등학교를 졸업하고 아들은 토론토에서 5시간이나 떨어진 오타와에 있는 대학으로 갔다. 그곳에서 6년을 공부하였는데, 나는 수시로 토론토와 오타와 사이를 오가며 아이를 데려오기도 하고,

이사를 해주기도 하였다. 그때도 오가는 길에 늘 6척씩 되는 아이의 친구들을 봉고차에 가득히 태우고 다녔다. 이미 성장하여 20세가 넘은 청년들도 이야기는 여전히 여자 친구들을 향할 때가 많았다. 5시간씩 어두운 밤길을 달리며 이야기꽃을 피울 때는 뒷좌석 구석에, 혹은 운전석에 엄마가 앉아 있다는 사실도 잊은 듯 진지하다. 그런 시간에 내 귀에 자주 들려오는 질문은 "Is she high maintenance?"(그 사람 관리가 힘든 여자냐?)였다. '관리에 힘이 든다니?', 아마도 너무나 감정이 여려 늘 자신에게 많은 관심을 두기를 바라든가, 아니면 취향이 고상하여 비싼 명품을 선호하거나, 좋은 식당에만 만족하여 경제적인 부담이 많아지는 아가씨라면 관리가 힘든 아가씨가 아닌가 생각된다. 재미있는 것은 청년들이 관심이 있는 아가씨가 그리 까다롭지 않고, 맘에 들 때 그들은 "Oh, no, she is cool"(아니, 그녀는 참신해) 라고 답하였다. 몇 년 전엔 핫한 아가씨들을 좋아했는데, 이젠 쿨한 아가씨들이 선망의 대상이다.

나 혼자 불쑥 '핫한 아가씨'와 '쿨한 아가씨'의 차이를 생각해 본다. 얼굴과 몸매가 예뻐 남의 눈에 띄는 것은 태어날 때 이미 정해진 모습이니, 그 아가씨 자신이 만들어간 일은 아니다. 얼마 전 한국에서 공부하러 온 여학생들이 모인 자리에 같이하게 되었다. 예쁜 아가씨들이 둘러앉아 저녁도 먹고, 언어연수의 고충도 이야기하고, 그러다 시간이 흘러 개인적인 이야기도 나오기 시작했다. 그 소재 중의 하나가 쌍꺼풀 수술을 했던 경험담들이었다. 예쁜 눈을 가진 두 학생 모두 중학교 때 부모님들이 내린 결정이라 했다. 외모가 남에게 빠지지 않아야 자신감이 생긴다고 하셨단다. 이제는 타고나지 않아도 핫한 아가씨가 될 수 있다는 이야기다. 예쁜 아가씨들은 타고난 축복과 부모들에게 감사할 일이다.

아가씨가 '쿨하다(멋지다)'라는 말은 성장하면서 형성된 아가씨의 내면을 일컫는 말일 것이다. 한 사람의 심리상태, 사고방식, 생활 습관은 자라면서 형태를 갖추어가는, 눈에 보이는 것보다 훨씬 복잡한, 한 아가씨 속에 겹겹이 쌓인 모습이다. 얼마 전에 라디오에서 십대들이 쓰는 말 중에, '쿨'(cool)이라는 말이 어떤 경우에 어떻게 쓰이는가 분석하는 방송을 들었다. '쿨'하다는 말의 대표적인 의미는 '상관하지 않는다', '개의치 않는다'라는 말이라 했다. 이곳의 청년들이 편안하게 생각하며, 평생 친구로, 반려자로 선망하는 쿨한(cool) 아가씨들은 심리적으로 안정되어 있으므로, 남자 친구에게 감정을 의탁하지 않고, 남의 눈길이나, 자신의 허영심을 만족시키는 일에 크게 민감하지 않은 성품의 아가씨들이라는 이야기다. 그렇게 여러 면에서 자유스러울 수 있는 사람들은 우선은 자아가 당당하고, 개성이 있는 사람들일 것이고, 자신의 결정에 확신을 가지는 사람들이다. 자식을 가진 부모면 누구나 어떻게 하면 자식들을 그런 사람들로 키워 갈 수 있을까 고심한다.

아이들을 키우는 일도 한 사회가 가지고 있는 가치관이나, 문화를 피해 가기 힘들다. 하나뿐인 딸에게 시대에 맞는 능력을 갖추게 하려 수술을 시키는 세대도 있고, 간신히 삶을 지탱하느라 자식 사랑에 신경 쓰지 못해도, 같이 산다는 일로 사랑이 전해졌던 세대도 있다. 어떤 세대에 살아도 성장 후에는 쿨-한 성품이 있어야 성숙한 삶을 살 수 있다. 게다가 남들이 핫한 사람이라고까지 해주면, 그는 축복받은 사람이다.

아들아이도 성인이 되어 멀리 떨어진 도시에 살고 있다. 가끔 아이가 집에 다니러 오면, 옛날 그 친구들이 찾아온다. 개중에는 아가씨를 동반하고 오는 친구들이 있다. 다 제 나름대로 선택한 핫하고, 쿨한 아가씨들이다.

마지막 문장

한 학년이 끝나는 6월, 마지막 학교에서 마지막 학생과 치료 순서를 끝내고 학생을 자신의 반으로 돌려보낼 시간이다. 몇 개월의 걸친 심사숙고 끝에 23년 이어오던 언어치료사의 직책에서 은퇴하기로 어려운 결정을 내렸다. 지금 막 치료를 끝낸 학생의 교실은 계단을 내려가 복도의 끝에 있다. 물론 교실까지 내가 동반을 하겠지만 대화를 이어가기 위해 묻는다.

Do you know how to go back to your classroom?(너희 교실을 찾아갈 수 있겠어?)

Me not know.(전 몰라요) 학생이 답한다. 가는 길을 모른다고, 'I don't know'라고 답하려는 것인데 이렇게 엉뚱한 단어의 조합이 나온다. 영어를 쓰지 않는 지역의 사람들까지 대부분 사람이 이제는 다 알만한 말을, 영어만 쓰는 가정에서 태어나 자란 아이가 5년을 들으며 자랐는데 정확히 흉내를 못 내는 것이다. 언어발달 장애의 한 모습이다. 늘 하던 대로 나는 아이의 문장을 고쳐주려다 짐짓 멈춘다. 이제 이 학생과 같이 교실로 돌아가면 다시는 없을 순간인데 그냥 아이의 손을 꼭 잡고 걷고 싶었다.

내 손에 매달려 걷는 학생의 이름은 트메라(Tamara), 편모 밑에서 언니와 함께 자라는 학생이다. 선생님들은 트메라의 언어 외에도 여러 다른 면의 성장 미숙을 걱정하지만 트메라는 늘 장난기가 가득한 얼굴로 무언가 쉬지 않고 조잘대고 있다. 언어장애가 있는 학생들도 옆의 학생들과 똑같이 할 말이 많다. 일부의 학생들은 나름대로 절절한 장애의 원인을 품고 있기도 하다. 자폐증, 불의의 사고로 인한 뇌 손상, 아니면 극심한 빈곤으로 발육 지진 등이 몇 가지 예가 될 수 있다. 원인에 상관없이 나는 각 학생의 필요에 따라 정확한 발음을 내는 법도 가르치고, 단어를 엮어 문장으로 말하게 하고, 하물며 말을 못 하는 학생은 손으로 그림을 짚어가며 소통하는 방법을 가르치려 애써왔다.

내가 학생들과 치료 중에 한 훈련들은 이제 트메라를 교실로 돌려보내면 다시는 할 일이 없다. 마치 지나간 세월 내가 뛴 발자국들처럼 매일 반복되는 내 삶의 일부였지만 구체적으론 기억에 남지 않을 시간이다. 그렇다고 긴 세월에 걸쳐 만났던 어린 학생들이나 그들의 부모들과 엮어 온 삶까지도 내 생각과 마음을 떠나지는 않을 것이다.

남들은 저절로 되는 과정을 애써서 배워도 남과 같이할 수 없다는 것은 온 가족의 아픔이고 아이들의 영혼을 다칠 수 있는 어려움이다. 하지만 내가 보아 온 이곳의 많은 부모는 크게 동요하지 않고, 본능적인 따뜻함으로 자식들을 보호한다. 그래서 아이들은 자신은 생긴 그대로 사랑받는 사람임을 확인하게 되고, 남과 다르다는 사실을 그냥 자신의 한 특성으로 받아들인다. 지난 20여 년 매일 내 방을 들어온 아이들은 한결같이 밝고 호기심 가득한 표정을 잃지 않았다. 물론 아이들에게 그런 자존감을 허락하기까지는 그들이 속한 사회와 어른들의 생각과 행동들이 영향을 미친 결과이기도 하다. 캐나다의 교육정책은, 장애가 있는 학생들이 일반 교실에서 분리될 수 없으며, 정상적인 친구들 안에서 생활하면서 각 학생에게 필요한 특수교육을 받을 권리가 있음을 법으로 정해 놓았다. 편견 없이 아이들에게 전해진 관심과 사랑은 그들이 가진 부족한 능력보다는, 긍지 있는 사람의 평온과 천진함이 더 얼굴에 돋보이게 그려주었다.

누구나 인생의 한 시점에서 가진 능력들을 잃고 조금씩 장애인이 된다고 할 수 있다. 그것이 신체적인 능력일 수도 있고, 기억이나 판단력을 잃는 일이 될 수도 있다. 언젠가 내 앞에 다가올 그런 날들에 나는 "me not know" 라는 트메라의 마지막 문장을 기억할 것이다. 그 엉뚱한 문장은 자신도 누구도 탓하지 않고 주변의 사람들을 믿고 용기 있게 자라가는 예쁜 아이들을 기억시켜 줄 것이다. 또 그 문장은 내가 열정을 가지고 살았던 시절을 상기시켜 주기도 할 것이다. 내가 성인으로 오랜 세월 많은 책임을 감수해 낸 것은 부모님이 주신 사랑과 이끌어 주신 교육의 힘이었다면, 이제 차츰 다가올 노년을 살아갈 지혜는 내 곁을 거쳐 간 어린 학생들에게서 얻으려고 한다.

정영득

jungvince007@gmail.com

말

맥

이름

이제는 우리도

말

아내와 나는 어느 집들이에 참석하고 있었다. 잘 아는 후배 집에서 우리는 오랜만에 여러 사람을 만났다. 초대받은 이들은 그 후배의 친구들 부부가 대부분이었다. 새 집에서 잘 살라는 덕담과 함께 이런저런 이야기를 나누며 시간이 가고 음식이 오가는 동안 데면데면한 분위기는 점차 화기애애한 모양으로 변해갔다. 그러던 차에 주인공 후배의 부인이 한 사람 한 사람씩을 소개하기 시작하였다. 그러면서 덧붙이는 말, "인사가 만사라는 말도 있잖아요."

처음에는 농담인 줄 알았다. 그렇게 갖다 붙이니 그 말이 또 그렇게도 해석되네 싶었지만 음식이 얹힌 것처럼 불편했다. 고쳐 말을 하고 싶었지만 활짝 피어난 대화 분위기를 공연히 어색하게 만들지도 모를 것 같았기에 그저 함께 돌아가는 이야기 속에 머물렀다. 침묵도 언어라는 말이 생각나서 그랬던 건 아니다.

인터넷을 뒤져보니 이 말을 영어로는, "The greeting is everything."이라고 표현하면 된단다. 떠도는 온라인상에는 오역(誤譯) 또한 많은가 보다. 하기야 사람을 뽑아서 쓰는 일이든 사람끼리 서로 인사를 잘하든 두 가지가 모두 만사임에는 틀림이 없을 것이다. 아니면 세월이 지나면서 본래의 뜻 외에 새로운 뜻이 추가된 것인지도 모르겠다. 공교롭게도 전자의 인사나 후자의 인사는 모두 한자로도 같은 글자를 쓰고 있다. 사람 인에 일 사다. 둘 다 사람의 일이다. 흔히들 우리말로 구분이 잘 안 가는 말은 한자로 써보면 구별할 수 있다고 말하지만 꼭 그렇지만도 않은 것 같다. 말의 애매한 이중성이다. 그것이 말의 은근한 매력일까?

지난주에는 집에서 가까운 산에 올라갈 기회가 있었다. 등산로 입구에 나무 조형물들이 어지럽게 흩어져 있었다. 아마 내년 봄 정식 등산 철 즈음에 제대로 놓여질 예정인가 보다. 그곳을 지나치다가 특이한 형체 하나를 발견했다. 멧돼지 모양의 나무였다. 각도를 잘 잡고 사진을 찍으니 영락없었다. 같이 등산하던 한 친구가 말했다. "야하! 여기다 돈 만 원짜리 한 장 물리면 근사하겠는데…"

사진을 바라보면서 뭐라고 제목을 지을까 고민했지만 등산하는 동안, 나무와 하늘과 돌 등 자연에 취해 까맣게 잊고 있었다. 자연은 늘 아무 말 없이 내게 휴식을 준다. 기쁨을 준다. 순환의 질서를 알려 준다. 그리고 그가 갖고 있는 모든 걸 다 준다.

집에 돌아와서 다시 사진을 들여다보았다. 혼자서, "나무 돼지, 나무 돼지, …" 그러고 있는데, 옆에 있던 아들 녀석이 한 마디 건넨다. "목돈으로 하면 되겠네, 아빠! 나무 목에 돼지 돈, 목돈(木豚)." 순간적으로 감탄사가 절로 나왔다. 앞의 인사(人事)의 경우와는 색다른 말잔치다. 목마는 많이 들어봤어도 목돈은 처음이다. 신선한 기운을 받는다. 말은 그렇게 살아 움직인다.

“환상 자락 휘감으며 덩실덩실 춤을 추자. 비틀비틀 춤을 추자. 탈춤을 추자. 탈춤을 추자.” 한동안 이 노랫말이 내 곁에 오래 머문 적이 있다. ‘탈춤’이란 노래의 가사 일부다. 이 노래를 듣고 있자면 나도 모르게 어깨가 들썩여지고 흥이 났다. 탈춤이라는 우리 고유의 몸동작에 경쾌한 서양풍 곡조가 잘 버무려진 노래다. 동서양의 호흡이 어우러진 것도 신묘한 조합인데, 아니 어떻게 ‘환상 자락’이란 말을 생각해 낼 수 있단 말인가. 그러나 그것은 환상 자락이 아니라 ‘한삼 자락’이었다. 듣고 싶은 대로 들을 뿐이었다. 발 없는 말이 천 리를 간다더니 그렇게 멀리 가는 말이 내게는 엉뚱한 방향으로 와서 꽂혔다. 그야말로 환상으로 다가왔던 것이다.

하지만 그렇게라도 얼마 동안 내가 황홀경에 빠질 수 있었던 건 역시 말의 힘 덕분이다. 말은 마법사다. 아무리 결과물이 모든 걸 다 말해 준다 하더라도 말 한마디에 희로애락이 점철되곤 하는 연속선상에 오늘을 살고 있다. 세 치 혀끝에서 세상이 춤춘다. 사회적 동물의 삶에서 말은 필수 불가결한 요소다. 말은 생활이다.

무재칠시(無財七施)는 불교에서 말하는 돈 안 드는 일곱 가지 베풂을 일컫는다. 그중에 언시(言施)는 말(言)에 대한 것인데 좋은 말씨로 베풀라는 말이다. 친절하고 따뜻한 말, 칭찬, 격려 등이 그 안에 포함되겠다. 좋은 말만 해주면서 살아도 부족한 세상인데, 될 수 있으면 이제부터라도 좋은 말만 하며 살자. 나에게나 남에게나 모두 마찬가지다. "그냥 너라서 좋다"는 말 한마디로 백년가약의 인연을 시작하는 경우도 드라마에서 본 적이 있다.

우리 수필 모임 이야기다. 각자의 글을 미리 제출하고 한날한시에 모두 가지고 와서 서로 합평해주는 모임이다. 말로써 말을 서로 함께 생각해보자는 자리인 셈이다. 원석 같던 말이 보석처럼 빛나게 되고, 말이 가감되면서 전체 글말이 한층 격상된다. 그런데 적지 않은 기간 동안 어떤 이는 합평 받는다는 말을, '화평 받는다'고 말하곤 하였다. 합평을 받고 화평을 얻는다면 구태여 그걸 고쳐 말하는 것도 이상할지 모르겠다. 나도 이제는 화평을 받는다는 표현이 오히려 더 구수하고 애착이 간다. 말의 신비다.

한 번 말할 때 두 번 생각하기로 한다. 너무 말이 많으면 좋지 않다는 것은 동서고금을 막론하고 전해 내려오는 진리다. 침묵은 금이라고 했고, 말로써 말 많으니 말 많은가 하노라고도 했다. 입은 하나요 귀는 둘이다. 말의 생리를 이보다 더 역설적으로 잘 설명한 말은 없다고 본다. 산에서 만난 자연이 내게 아무 말 없이 모든 것을 들려주는 걸 다시 새긴다.

그러고 보니 삼라만상은 침묵 속에도 웅변을 쏟아낸다. 결국 모든 게 곧 말이다. 말을 겸허히 듣는 아침을 맞는다. 말로써 많은 걸 배운다.

맥

목적지에 가는 동안에 나는 그 맥을 쉽게 찾을 수 있을 것으로 생각했다. 아니, 이미 찾기라도 한 양, 음악 볼륨을 높이고 노래를 따라 부르며 차창 밖의 겨울 풍경에 시선을 뿌렸다. 흰 벌판에 멀리 듬성듬성 보이는 안개 덮인 산이 한 폭의 그림이었다.

우리 모임에서 모처럼 야외 행사를 갖기로 하였다. 번잡한 도심을 떠나 눈 덮인 산맥을 베개 삼아 1박 2일 합평회를 열자는 회장의 제안에 모든 회원이 누가 먼저랄 것 없이 호응했다. 장소는 B 스키장 리조트다. 스키장에 스키 대신 펜을 지참해야 하는 기록적인 모임이다. 목적지는 토론토에서 약 두세 시간 걸리는 북쪽 지역에 있다.

회원들의 집 근처 두 군데를 골라, 각기 편한 장소에 모였다. 차량 두 대로 출발하되 도중에 한번 만나 점심을 같이 먹기로 했다. 우리 차에는 모두 5명이 탑승했으나 행사장 부근 지리를 잘 아는 회원은 한 명도 없었다. 탑승객들이 좋아할 만한 음악 CD를 준비함은 물론, 리조트 주소를 내비게이션 장치에 미리 입력시켜 놓았다. 하지만 중간에 한번 만나기로 한 맥도널드 가게가 문제였다. 거기 가게 주소는 따로 알 수가 없었다.

걱정하는 내 마음이 전달되었는지, 그 근처 지리에 밝은 회원이 이메일로 맥 가게 가는 길을 알려주었다. 맥이 잡히는 듯했다. 점점 긴장이 늦춰지자 재미있는 이야기도 해가며 맥도날드에서의 성급한 해후를 즐기고 있었다. 더군다나 우리 차량이 다른 팀 자동차보다 토론토에서 먼저 출발했기에 시간적 여유도 있었다. 그 팀은 아직 우리가 온 거리의 반도 못 온 상태였다.

그러나 가도 가도 도무지 목적지로 가는 길이 나오질 않았다. 조수석에 앉았던 Y 회원이 재빨리 전화기에 손을 댔다. 우리가 가는 길을 부지런히 설명하고 있는 Y의 목소리는 가끔 가늘게 떨리고 있었다. 스피커폰을 통해, “그냥 그 길로 계속 30분가량 쭈욱 가면 된대요.” 하는 H회원의 전갈이 들려왔다. H는 저쪽 팀 조수석에 앉았나 보다. 그 팀 운전사는 바로 그 맥도날드 가게 찾는 길 안내문을 보내준 회원이다. 그 차는 말 그대로 땅 짚고 헤엄치는 격이었다. ‘계속 30분가량’이란 말에 우리는 다섯 명 전체의 청력을 모조리 소진했다.

어쩐지 너무 오래 가고 있다는 생각을 할 즈음, 우리 차는 이미 방향을 잃고 헤매고 있었다. 차를 세워 주유소에서 길을 묻고, 지나가는 사람을 붙들고 맥을 짚어야 했다. 여차여차해서 가다 보니 이메일로 안내받은 읍내에 간신히 진입했다. 맥도날드 가게가 보이면 그때마다 저 맥이 그 맥인가 하며 희망을 걸었다. 이미 목적지에 도착해 있던 다른 팀과 휴대전화기로 교신하면서 우리는 점심 약속 장소인 그 맥에서 애면글면 모두 만날 수 있었다.

가면서 낮잠을 잔 토끼는 휴식이라도 취했지만, 우리는 거북이처럼 멈추지 않고 달렸다. 주된 행사인 합평회는 시작도 안 했는데, 아니 숙소까지 아직 도착도 못 했는데 내 에너지는 이미 고갈돼 가고 있었다. 여장을 풀고 숙소 밖으로 나오니 눈이 내렸다. 입춘이 지나고 3월인데도 눈이 오는 건, 날씨도 철이 없기 때문일까. 제철이 따로 없이 계절 또한 맥을 못 찾는 걸까.

우리는 펜으로 스키를 탔다. 한 달에 한번 모이는 정규 모임에서의 짧았던 두어 시간 합평, 그 아쉬웠던 한계를 넘어 시공간 제한 없이 펜의 숲속을 자유롭게 누볐다. 기쁜 마음으로 글 잔치에 참여하는 가운데 매 맞는 즐거움도 함께 누렸다. 거친 암석이 정교한 조각상으로 변하기 전까진 석공의 모진 뭇매를 감수(甘受)해야 하는 것과 마찬가지다. 감수란 말에는 이미 책망이나 괴로움 등을 달갑게 받아들인다는 뜻이 담겨 있다. 달면 삼키고 쓰면 뱉는다는 말은 글 세계에는 없는 말이다. 몸에 좋은 약은 입에 쓰다는 말이 있을 뿐이다. 글쓰기에서도 맥을 잘 잡고 펜을 움직이는 것이 중요하다.

행사가 끝나고 돌아오는 길은 이미 한 번 와봤던 길이니 맥을 잘 찾을 수 있었다. 동반 탑승자들과의 작별을 마치고 나 혼자 집으로 돌아오는 길에 언뜻 스치는 생각 하나가 있었다. 인생길의 맥을 나는 이곳 캐나다에서 잘 찾아가고 있는가?

캐나다는 곳곳에 산책로가 잘 발달해 있다. 트레일(Trails)이라는 숲속 길이 거의 모든 동네에 하나씩 있는가 하면 나이아가라 절벽 지대(The Niagara Escarpment) 능선으로 연결되는 본격 등산 코스도 있다. 며칠 전에는 한동네 사람들과 힐튼 폴(The Hilton Falls)이라는 곳에 다녀왔다. 작은 폭포가 산속에 있는 특이한 장소였다. 등산로는 여러 코스로 나뉘어 있었다. 혹한을 이겨내고 파릇파릇 돋아난 생명이 길섶에서 우리를 맞았다. 산속이라서 그런지 봄인데도 추웠다. 갈림길마다 안내 표식이 있었다. 어떤 곳은 나무에 자그마한 크기의 색깔로, 어떤 곳은 헝겊 천으로, 또 어떤 곳은 표주박 모양의 플라스틱으로 길을 안내하고 있었다. 표주박 같은 모양을 여기 사람들은 눈사람 모양이라고 불렀다. 그네들은 표주박이 무엇인지 알기나 할까? 제법 숲이 우거진 곳에는 길이 험하다. 올라올 때 봐 두었던 주황색 표식을 계속 따라 걸으니 결국 다시 하산 길로 접어들 수 있었다. 산행에서도 맥 찾기가 필요하다. 산길은 작은 인생길이다.

늦은 밤 창가에 비치는 달빛이, 바람에 주억거리는 나뭇가지에 흔들린다. 태초부터 맥이 우주의 질서 한가운데 존재했던 것은 아닐까? 맥은 서로를 이어주는 연결고리이기에.

이름

〈내 이름은 김삼순〉은 지금부터 십수 년 전 방영된 드라마다. 많은 사람이 좋아했던 이 연속극은 아마 그해 최고 시청률을 자랑했던 것으로 알고 있다. 웃음을 자아내는 촌스러운 이름의 30대 노처녀 김삼순이 전문 제빵·제과 기술자로서 당당히 살아가는 모습과 러브 스토리를 흥미 있게 보여주었다.

이름에 얽힌 이야기로 내 이름도 빼놓을 수 없다. 주위에 '영덕'이란 이름은 꽤 많이 있어도 '영득'이란 이름은 별로 없다. 그래서 그랬는지 '영득'이란 이름보다는 '영덕'이라는 이름이 발음하기에도 더 편하게 느껴지면서 어렸을 때는 은근히 내 이름에 불만이 있었다. 그러던 중 1980년대 초반, 신입 사원 시절에 우리 직장에서 만들어 준 여권을 보니 내 이름이, 'YOUNG DUCK'으로 돼 있었다. 당시에는 중동 건설 붐을 타고 회사에서 개인 여권을 직접 만들어주던 시절이다. 회사의 여권계에서는 내게 물어보지도 않고 내 이름을 그렇게 영어로 만들었다. 공사 현장의 '영문 행정'

담당자로 급히 인사 명령을 받은 터라, 나도 딱히 철자 정정에 그리 신경 쓸 겨를이 없었다. 출국 준비하기에도 바쁜 일정이었다. 아무튼 그때 그 여권의 이름을 인연으로 해서 현재의 내 이름도 그렇게 돼 있다. 바라던(?)대로 〈영덕〉으로 발음이 된다. 이곳 사람들은 내 이름이 재미있다며 한번 들으면 잊어먹지 않을 것 같단다. 그나마 OLD DUCK이 아니라 다행이다. 나는 이제 '영덕'보다는 내 본래 이름, '영득'이 좋다.

중학교 때 우리 반 녀석 한 명은 내게 "아주 좋은 별명"을 하나 지어 주겠다고 했다. 뭐냐고 물으니, "저 여 드 007"이라고 하였다. 이름자 밑에 있는 받침만 띄어 놓으면 007모양이 되니까 그렇다는 설명을 덧붙였다. 지금 생각해도 참 기가 막힌 별명이다. 그러니까 가령 강영석, 홍종욱 등도 모두 007이다. 열 서너 살 먹은 아이가 어떻게 그런 영특한 발상을 하였는지 그 천재 같은 친구의 이름을 나는 잊을 수가 없다. 그 덕분에 내 이메일 계정에 007을 즐겨 사용하고 있다. 어떻게 된 영문인지 모르는 사람들은 혹시 나를 제임스 본드처럼 여기는지도 모를 일이다.

이곳에서는 성씨가 바위(Rock), 작은(Small) 등이 있는가 하면 빈센트(Vincent), 폴(Paul) 등과 같이 성이나 이름에 같이 쓰이는 고유명사도 있다. 토니(Tony)나 브랜트(Brant) 등은 여성 이름이기도 하거니와 남자 이름으로도 쓰인다. 서양 여성들이 결혼하면서 성씨를 남편 가족의 성으로 바꾸는 것을 보면 우리나라가 더 개방적인 점을 느낀다. 우리나라 여성들은 혼인 이후에도 각자 고유의 성을 유지하고 있지 않은가. 요즈음에는 자기 이름에 어머니 성씨도 같이 쓰는 여성도 많다고 한다. 무슨 이름이든지 다 좋은 의미를 지닌다고 본다. 굳이 내가 좋아하는 이름을 꼽는다면 '하늘' 이나 '빛나"같이 순수한 우리 한글 이름이다.

〈아씨〉는 1970년대에 우리나라 안방극장 최초로, 이른바 텔레비전 스타를 배출한 드라마라고 한다. K 탤런트가 이 연속극 하나로 일약 스타덤에 올랐고 N 탤런트가 신인 무렵 '봉구'란 이름으로 출연했다. 당시 중학생이던 나는 어머니 어깨너머로 슬쩍슬쩍 이 드라마를 봤다. 내가 좋아하는 이곳 사람 이름 중에 그래서 아씨(Arthie)가 있다.

이름이란 곧 '일컬음'이다. 〈모두〉를 〈나〉로 개별 짓는 유일한 수단이다.

두고두고 애송되는 김춘수 시인의 '꽃'에서 이름은 이름 이상의 목소리를 갖는다. 각자가 본인 이름에 자부심을 가질 일이다. 자기 이름을 사랑할 일이다. 내 이름은 정영득! 전국에 007이름을 가진 모든 사람과 한번 모임이라도 가져볼까?

이제는 우리도

커피 뭐로 드릴까요?

그냥 아무 커피나 주세요.

우리가 자주 쓰는 일상 대화 중의 한 대목이다. 그런데 놀랍게도 마치 이 말을 알아듣기라도 한 것처럼 이 나라 사람들도 똑같이 이런 말을 한다. 그러기에 "It's not just any coffee. It's your coffee."라는 광고 문구가 등장하지 않았을까? 바로 어느 동네에나 다 있는 유명 커피 회사 광고 카피(copy)다. 아무 커피가 아니라 소중한 당신의 커피라는 이야기를 하면서 하단에 작은 글씨체로 커피 회사 이름을 붙여 놓았다. 커피를 사려고 줄을 서 있는 동안에 이 광고 문구를 수시로 볼 수 있는 것은 우연이 아닐 것이다. 치밀한 마케팅 연구를 밑바탕으로 해서 사람 눈높이의 가장 편안한 자리에 부착한 것이리라. 요사이에는 커피 대신 차를 마시는 편이지만, 줄곧 이 회사 제품을 애용한다. 아마도 이 카피 문구가 마음에 들어서 그런 모양이다.

"선영아 사랑해"가 생각난다. 이민 오던 그해 2000년 봄, 서울의 사람 많은 거리거리마다 이렇게 적힌 벽보가 나붙기 시작했다. 강남역 부근에서는 오가는 버스 옆면에 이 문구가 플랫 카드처럼 부착돼 있는 것도 심심치 않게 볼 수 있었다. 사랑하는 여인, 선영을 향한 애틋한 심정을 이렇게 일반 사람들에게 간접적으로 고백하는 것일까? 누구인지 몰라도 선영이라는 사람은 참 좋겠네. 어떤 남자가 이렇게 공개 선언을 하는 걸까? 사람들의 입소문을 타고 이 문구의 인기는 연일 하늘을 찔렀다. 아직도 내겐 회사 이름보다는 이 광고 카피가 더 생각나는 걸 보니, 결과적으로 성공한 광고인지 아닌지는 잘 모르겠다. 하지만 호기심을 자극해서 흥미를 유발시키고 시선을 집중시킨 점은 충분히 효과적이었다.

이곳에서 주로 듣는 라디오 방송은 고전 음악 방송 The New Classical FM 96.3이다. 주옥같은 클래식 명곡들이 맑은 음질을 뽐내며 연주되는 곳이다. 어느 날 이 방송에서 흘러나오는 자사 홍보 캠페인 구절, "Beautiful music for a crazy world!"를 듣고 놀란 적이 있다. 아름다운 음악은 좋은데… 아니! 미친 세상이라니, 방송국이 미친 것 아냐? 하면서 호들갑스러운 마음이 들었다. 조금만 진정해도 알 수 있는 '너무 바쁜, 혼잡한,…' 이런 뜻의 'crazy'를 간과했던 것이다. 그러나 조금 더 진정해보니, 이 캠페인의 목적이 바로 이런 성급한 해석을 노리는 것은 아닐까라는 생각이 뇌리를 스쳤다. 후자와 같은 점잖은 해석보다는 전자와 같은 강렬한 해석을 먼저 유도함으로써, '아름다운'이란 말에 힘을 실어주려 했는지 모른다. 그만큼 일반 대중에게 방송국을 더 효율적으로 알릴 수 있는 일종의 충격 요법을 동원한 것 같다.

이 캠페인 멘트가 신선하고 인상적인 이유다. 공영 방송에서 'crazy world'라고 말할 수 있는 자체가 호쾌한 용기처럼 다가오고 'Beautiful music'은 친근감으로 그 호소력을 더한다.

우리 나라말에 '아점'이 있다. 늦잠을 자고 나서 먹게 되는 아침 겸 점심을 일컫는 말이다. 영어에도 이런 말이 있다. Breakfast와 Lunch를 합친 'Brunch'가 그것이다. '점저(점심겸 저녁)'란 말이 우리말에도 영어에도 다 어색한 것은 사람들이 동서양을 막론하고 다 비슷비슷한 습성과 생활 태도를 가졌다는 뜻일 게다. 이제 우리 이민 사회에도 심금을 울릴 만한 캠페인 구절들이 많이 만들어졌으면 좋겠다. 각자에게 힘이 되고 용기를 주는 말 한마디가 때로 엄청난 동기부여를 제공할 수 있을 것이다. 우선, 신문과 방송, 사회 소통망 서비스 (SNS) 등에서 어떤 형태로든 아이디어를 공모해보는 것은 어떨까 싶다. 동포에게도 매체사에게도 다 좋은 (WIN-WIN) 방법들이 시간이 가면서 축적되고 걸러져서 실행 가능한 구체적 계획이 결정되고 곧 전파되면 좋을 것이다.

노래하는 시인 S는 1000여 개의 악상(樂想)을 갖고 있다고 한다. 이미 만들어진 노래가 아니라 조금 손만 대면 노래가 될 그런 노래 아이디어 말이다. 하기야 말이 쉽지 조금만 손을 댄다고 어찌 노래가 바로 만들어지겠는가. 각고의 노력과 열정을 늘 품고 산다는 얘기일 것이다. 캠페인 아이디어를 짜내기로 결심한 순간부터 이미 우리 사회에 희망의 메시지가 잉태되는 것은 아닐까. 나부터 심혈을 기울여 힘쓰고 애쓸 일이다. 커피를 마시며 카피를 고민하느라 코피를 흘렸다는 어느 카피라이터 (Copy Writer)의 고백이 실감나는 듯하다.

그렇게 아이디어 생각에 골몰하다 보면 어느새 그 방식대로 생활하고 있는 자신의 모습을 발견할 수 있을 것으로 믿는다.

민정희

edigna.min@gmail.com

나의 세계

벌써 4년의 세월이 흘렀다. 신춘문예 입상이라는 뜻밖의 타이틀은 내 인생의 하반기에 또 다른 고지로 향하는 출발점이 되었다. 새로이 맞이한 공간 속에서, 고래가 물을 뿜듯 분출하던 시간이었다. 설렘과 흥분으로 하얗게 밤을 지새우며 빈 여백을 채우던, 벅찬 감정은 그리 오래가지 않았다. 보이지 않는 벽에 가로막혀 앞으로 나가려고 해도 나가지 못하고 제자리걸음만을 반복하고 있었기 때문이다.

평소에 존경하던 지인 한 분이 '내가 나를 잘 모르고 있어 안타깝다'라는 우려와 실망의 목소리를 내었다. 우유부단한 성격, 뒷걸음치며 포기할 구실을 찾기 위해 전전긍긍하는 나의 본 모습이 수면 위로 떠올랐다. 내가 서 있는 이 길이 맞는 길인지, 어쩌다 우연히 들어선 길은 아닌지, 반신반의하던 나의 속마음을 들킨 기분이었다.

실망이란 말은 무엇인가. 기대가 있어야 존재하는 단어가 아니던가. 누군가 나에게 기대하고 있다. 누군가 나를 바라보고 있다는 사실에 고개 숙였던 자존감이 부시시 일어서고 있었다. 초심으로 돌아가 초창기에 썼던 글들을 꺼내 보았다. 희미하던 머릿속에 반짝 불이 켜졌다. 글이 아니었다. 말이었다. 고여 있던 말을 이야기하듯이 무심코 내뱉고 있었다. 비록 문장은 다소 투박하지만, 그 속에는 순수하고도 진심 어린 감정이 고스란히 전달되고 있었다.

왜 글이 안 풀리는지 이유를 알게 되었다. 그저 하고픈 말을 하는 것이 아니라 글을 쓰려고 했기 때문이었다. 글을 쓰려고 너무 힘을 주다 보니 양 어깨에 허영의 날개가 돋아난 것이다. 내 존재를 확인하고 싶어서, 타인의 인정을 받기 위해서라는 거창한 이유의 꼬리까지 달고서. 그 짧은 날개로 날아보려 하니 결코 날 수도 앞으로 나갈 수도 없었던 것이다.

무용할 때의 경험이 되살아난다. 무용을 처음 배우는 사람에겐 먼저 팔과 어깨에서 힘을 빼는 훈련을 시킨다. 수없이 많은 연습을 통해 어떤 순간이 와도 몸이 기억할 수 있어야 한다. 이미 힘이 빠졌다 해도, 잠시 분심이 들거나 조금이라도 잘하겠다는 욕심이 생기면 여지없이 어깨에 힘이 들어가기 때문이다. 일단 힘이 빠지면 그때부터 어떤 몸짓을 하던 춤이 되는 것이다. 잘 추고 못 추는 일은 그다음의 순서이다.

글을 안 쓰고도 남은 내 삶에 만족하며 살 수 있을까. 나 자신에게 질문해 본다. 문득 지난날, 학창 시절의 기억이 떠오른다. 고등학교 2학년 때 무용을 그만둔 적이 있었다. 대학 입시 준비를 위해 무용을 그만두라는 아버지의 권유 때문이었다. 그때까지 무용이 내 인생에 어떤 의미였는지 깨닫지 못했다. 그러나 그 어떤 곳에도 집중하지 못한 채, 텅 빈 마음은 허공 속을 떠다니고 있었다. 좋은 음악만 들리면 머릿속에 펼쳐지는 안무와 동작들이 나래를 폈고, 어쩌다 무용부 학생들이 무용하는 것을 보면 가슴이 무너져 내리며 통증이 밀려왔다. 내가 하고 싶은 일이 무엇인가를 알게 된 그 순간부터 내 마음속에는 불꽃이 타올랐고 욕망의 물결이 출렁거렸다.

부모님의 반대를 무릅쓰고 무용을 전공했지만, 무용단에 가고자 하는 꿈은 이루어지지 않았다. 무용 교사가 되었다. 학교에서 주로 가르치는 무용은 교육 무용이나 포크댄스, 한국무용이나 발레의 기본 동작이었다. 무용 시간은 여학생들의 건강한 신체와 정서 교육을 위한 교과 과정의 한 구색일 뿐, 무용 전공까지 안 해도 능히 가르칠 수 있는 교육 프로그램이 전부였다. 무용을 가르치는 일보다 담임으로서의 업무와 잡무가 더 많았고 정작 내가 가고자 했던 창작이나 예술의 길은 아득히 멀리 있었다. 가슴속에 타오르던 불꽃은 현실에 대한 타협과 타성 그리고 나태에 젖어 서서히 사위어졌다.

내가 진정으로 원했던 것은 틀에 박히지 않은, 표현하고 싶은 갈망이 아니었을까. 로마의 황제 마르쿠스 아우렐리우스는 '자기 영혼의 떨림을 따르지 않는 사람은 불행할 수밖에 없다.'라고 그의 책 명상록에서 말하고 있다. 쓰지 않으면 안 될 이유가 분명히 있었다. 나에게 무용이나 글은 영혼의 떨림을 간직한 내 내면의 숨구멍이었으며, 삶의 원동력이었기 때문이다.

이제는 생활을 위해 일선에 나갈 필요가 없다. 그동안 몸담고 활동했던 무용단에서도 은퇴하였다. 내가 글을 쓰지 않았다면 무엇에 목표를 두고 나를 다그치며 몰고 갔을까 생각하니 가슴이 서늘해진다. 글을 만난 것은 행운이었다. 그러나 몇 배의 희열을 안겨 주는 고통이기도 했다. 그 고통 속에는 마약 같은 달콤함이 있어, 도저히 벗어날 수 없는 길에서 생의 끝까지 헤매게 될지도 모른다는 예감을 준다.

글은 나 자신만의 세계이다. 나의 사유는 물론 성격, 개성까지 그대로 드러내 보이는 마음의 분신이라 할 수 있겠다. 누군가와 비교할 수도 흉내 낼 수도 없다. 바로 고유의 영역이며 나만의 철학이 담긴 나의 성채이기 때문이다. 다만 누군가를 롤 모델로 삼고 싶다면 그 문체나 표현 방법을 닮기 위해 노력해 볼 수는 있을 것이다. 사고가 언어를 이끄는 것이지만 새로운 언어의 습득과 발견이 사고의 변화도 이끌기 때문이다.

글을 쓴다는 것은 나비가 될 꿈을 가진 번데기가 고치 속에서 긴 시간, 인내의 터널을 거치며 스스로 변화하는 과정이라고 말할 수 있겠다. 변화의 과정이 없이는 고치를 찢고 나올 수 없듯이, 결국 자신과의 싸움이 아닐까. 잔이 넘쳐야 흐르듯, 그동안 말하지 못했던 세월을 쏟아냈다면 이제 다시 잔을 채워야 할 터. 누에가 고치를 틀기 위해 뽕잎을 많이 먹어둬야 하듯이, 자신의 세계를 채우기 위한 내면의 양분을 충분히 취해라 하리라. 어떤 나비가 되어 나의 세계를 펼칠 수 있을지 꿈꾸면서.

그녀의 이름은 테리였다

캐나다로 삶의 터전을 옮긴 후 아들의 첫 번째 생일이 된다. 몇 달 전부터 생일 선물로 강아지를 사 달라고 조른다. 그냥 쉽게 구할 수 있는 종류가 아닌 노르웨이 엘크 하운드 종으로, 생김새는 허스키와 비슷한데 늑대과에 가깝고 몸집은 더 큰 사냥개의 일종이다. 주로 사슴 사냥을 하고 겨울에는 썰매를 끈다. 사람을 잘 따라 요즘은 가정집에서도 많이 기른다고 한다. 꼭 그 개를 갖고 싶다고 간절히 원하는데, 낯선 곳에 이민와 언어도 다르고 친구도 없어 외로워하는 것이 마음에 걸렸기에 청을 들어주기로 한다. 개를 키워 파는 브랜더를 찾아보니 마침 운 좋게도 오타와에 갓 태어난 새끼가 있다. 당분간은 면역력을 키워야 하니 4주 후에 오라고 한다. 아이들은 테리라고 이름부터 짓고, 달력의 날짜를 하루하루 지워가며 새 식구와의 만남을 기다린다.

족보가 있는 개를 사기 위해서는 조건이 있는 계약서가 필요했다. 첫째는 정통의 종족을 보존하기 위하여 8개월 동안 성장하면

번식할 수 없는 수술을 해야 하고, 두 번째는 더는 기를 수 없는 형편이 되면 다시 데려온다는 조건이었다. 생후 4주가 된 강아지는 꼭 곰 새끼처럼 생겨서 손과 발이 두툼하여 만지면 손 안 가득히 두둑하게 찼고, 털은 북실북실하여 안으면 포근하였다. 바르르 떨고 있는 조그만 몸을 아기 안듯 품에 안고 데리고 왔다. 돌아오는 차 안에는 아이들의 기쁨과 웃음이 넘쳐나고 있었다.

낯설어서 그런지 며칠 동안 통 먹지도 짖지도 않았다. 혹시 벙어리가 아닌가 의심이 들 정도였다. 한 달이 지나면서부터 짖기 시작하였고 몸집도 하루가 다르게 불어났다. 날이 갈수록 늠름함과 함께 사냥개로서의 면모를 갖추며 목소리가 우렁차, 짖는 소리가 종소리 울리듯 넓게 퍼졌다. 어느새 수술을 약속했던 팔 개월이 다가왔다. 계약이긴 하지만 과연 이것이 정당한 일인가 망설여졌다. 하지만 이미 약속을 하였으니 감행하였다. 하루 입원하고 돌아온 낮과 밤을 통 움직이지도 않고, 아무것도 먹지 않았다. 자신에게 무슨 일이 있었는지를 알고 있다는 듯, 힘없는 눈동자만 힐끗힐끗 굴릴 뿐이었다.

모든 생명에는 번식하고자 하는 본성과 생리적 조건이 주어졌다. 감히 기른다는 명목으로 그의 의지와는 상관없이 일방적으로 행하다니. 인간은 필요에 따라 잔인한 존재가 되기도 한다는 것을 깨닫는다. 아무리 계약이라지만 가슴 한구석에 가시가 박힌 듯 두고두고 마음이 편치 않았다.

테리는 사냥개의 본성이 있어 밖에 나가면 땅도 파고 구르며 몸부림을 쳤다. 또한, 산책할 때면 힘이 세서 목줄을 잡은 나는 질질 끌려가곤 했다. 마음 같아선 끈을 풀어 주어 자유로이 뛰게 해 주고 싶었지만 그럴 수가 없는 것이 안쓰럽고 딱했다. 거실에 가족들이 모여 앉아 텔레비전을 볼 때면 굳이 소파 위로 올라와 그 큰 몸집으로 가운데 끼여 앉았고, 잠잘 때도 몸의 한 부분을 꼭 사람에게 붙이고 자곤 했다. 가족들이 들어오면 쏜살같이 달려들어 반가움을 나타내어 신발도 벗기 전에 사람처럼 안아 줘야 했고, 어떤 땐 달려드는 압력과 무게에 못 이겨 엉덩방아를 찧기도 했다. 그전에도 개를 많이 길러 보았지만, 그저 귀여운 애완견일 뿐이었는데, 테리는 몸집이 커서 그런지 꼭 사람 같고 마음 든든한 가족의 일원인 듯 느껴졌다.

테리는 사람을 보면 짖지 않는데 동물이나 다른 개를 보면 짖었다. 재갈을 물려 봤지만 하도 못 참아 해서 벗겨주었다. 새벽에 산책을 시키지 못하면 아침 준비로 바쁜 시간에 뒷마당에 내놓기도 하는데, 공원의 산책길과 붙어 있는 울타리 사이로 지나는 개들을 보며 짖어대곤 했다. 어느 날 이름을 밝히지 않는 편지가 왔다. 공손한 문체로, 은퇴하여 조용히 살고 싶어 이 동네로 이사 왔는데 개 짖는 소리가 너무 커서 아침에 잠이 깨니, 선처를 부탁한다는 내용이었다.

누군가 성대 수술을 하면 어떠냐고 하였다. 개와 인간과의 관계를 생각해 본다. 과연 개가 본래부터 인간과 같이 살기 위해 태어났는지 의문이 든다. 새장 속에 갇힌 새를 보며 모이를 주고 예뻐해 주는 대신 날려 보내줘야 하는 것이 아닐까 생각한 적이 있다. 그러나 개와 인간과의 관계는 다르다. 이곳 캐나다에서는 동물보

호소에서 개를 데려오면 "I rescued a dog" 이라고 말한다. 개는 인간을 떠나서는 살 수 없게 되었기 때문이다. 개를 사랑하는 표현으로 예쁜 옷을 입히고 털도 모양 있게 깎아주고 염색도 해준다. 이런 혜택들로 인하여 그들이 인간이 느끼는 행복감에 도달할 수 있을까. 심지어 자궁을 들어내고 성대까지 없애면서 같이 산다는 게 어떤 의미인가. 옛날에 비해 삶은 풍요로워졌으나 더욱 외로움을 느끼게 되는 현대사회에서, 개는 인간의 충직한 친구요 의지의 대상이 되기도 한다. 그러나 공존이 아니라 소유가 된다면 서로에게 만족한 관계라고 말할 수 있을지.

시간을 많이 할애하여 산책 시간을 늘리면 어느 정도 해결할 수도 있는 문제였다. 좀 더 성장하고 길들이면 점점 나아질 수도 있었을 것이다. 그러나 가장 기본적으로 마음을 괴롭히는 일은 바쁜 일상 때문에 테리가 집 안에 갇혀 혼자 지내게 하는 시간이 많았다는 점이다. 집에 두고 나갈 때마다 바라보는 슬픈 눈은 항상 내 머리 뒤 꼭지에 달고 다녀야 했다. 테리와 이미 정이 듬뿍 들었다 해도, 그 당시의 우리 상황은 그녀를 기르기에는 충분하지 않은 조건이라는 것을 우리는 알고 있었다.

테리 같은 종류의 개는 큰 목청으로 사냥감을 겁주며, 재빠르게 뛰어가 사냥을 할 수 있는 곳에 살아야 한다. 비록 그렇지 못하다 하더라도 마음껏 뛰고 짖게는 해 주어야 하리라. 아들이 크고 용맹한 개를 갖고 싶었던 이유는, 눈 파랗고 피부 하얀 우성의 세계에서 느끼는 열등감을 개로 인해 보상받고 싶었던 것은 아닐까. 깊은 생각 끝에 테리를 고향으로 돌려보내기로 한다. 아이들이 너무 슬퍼하고 헤어지기 싫어했지만, 너희들이 진정 테리를 사랑한다면 보내줘야 한다고 설득한다. 오타와로 돌아가는 차 안에서 테리는 평소와 같지 않게 멀미를 한다. 자신도 우리와 헤어진다는 사실을 알고 있는지 힘없는 표정에 눈언저리가 축축하게 젖어 들어온다.

테리를 보낸 지 10년이 다 되어 오건만 아이들도 나도 잊지 못한다. 테리의 사진을 책상 앞에 붙여 놓고 지금까지 살아 있을지, 과연 돌아가서는 행복했는지 궁금해 한다.

숨고르기

누렇게 뜬 무청이 눈에 띈다. 괜히 억척을 부렸다. 어제 다용도실에 놓아두고 늦은 저녁을 먹을 때까지는 기억하고 있었는데, 반나절이나 지난 지금에야 생각난 것이다.

성당 후문에는 일요일에만 오는 야채 트럭이 있다. 밭에서 직접 따온 신선한 야채에 늘 마음이 끌렸지만, 오후에 약속이 있거나, 사람들이 줄지어 서 있기에 한 번도 사본 적은 없었다. 어제 아침 미사를 끝내고 서둘러 주차장으로 가는 길이었다. 미사 후 부부동반 모임이 있기 때문이다. 야채 트럭 앞에 서 있는 사람들 사이로 언뜻 보이는, 싱싱하게 쌓여 있는 푸른 무청이 나를 잡아끌었다. 모임에 가야 한다는 생각도 잠시 잊고 저절로 빨려가듯이 내 발길은 그 줄 끝을 향하였다. 약속 시각에 늦겠다고 남편이 만류했지만, 잠깐이면 된다고 차에서 기다려달라는 다짐만을 하였다.

줄은 줄어들 생각이 없었다. 한 10분이면 되겠지 하는 예상과는 달리 거의 30분이 걸려서야 내가 원하는 야채를 살 수 있었다. 남편이 기다리고 있겠다, 아니 지금쯤 화가 나 있겠다는 생각에 마음이 불편하고 조바심이 났지만 줄 서 있던 시간이 아까워 좀처럼 포기할 수가 없었다. 물건을 사면서도 초조하여 원하는 물건이 다 생각이 안 났고 심지어 계산을 잘했는지도 모르고 무거운 야채를 들고 뛰었다.

주차장 입구 어디쯤 나와서 기다릴 거라는 예상과는 달리 차가 보이지 않았다. 오늘따라 핸드폰도 안 갖고 왔다. 숨이 턱에 차도록 3층 주차장까지 뛰어가니 차에 시동을 켠 채 기다리고 있는 남편의 굳은 표정이 먼저 눈에 들어왔다. 미안한 얼굴로 차에 오르니 순간 억울함이 밀려들었다.

서로 말 한마디 없이 긴장만을 실은 채 모임이 있는 집에 당도했다. 여자들은 다이닝 룸에 남자들은 뒤뜰 데크의 테이블에 앉아, 오는 순서대로 음식을 담아 먹고 있었다. 이 모임에서는 내가 한참 막내인 모임이다. 그중 한 분이 성당에서 벌써 나가는 것을 봤는데 왜 이제야 왔느냐고 물었다. 누르고 있었던 화가 다시 솟아오르며 가슴 속에 고인 말이 쏟아져 나왔다. 한 분이 말하였다. "자기 남편은 착한 거야. 우리 남편 같았으면 벌써 가버렸어. 마누라가 오거나 말거나." 또, 한 사람이 "자네 남편은 약속 시각에 늦게 가는 것이 싫었고, 자네는 무청을 때맞추어 사기가 어려우니 눈에 띄었을 때 사려고 했던 거야. 둘 다 옳아."하였다. 그러자 다른 사람이 "그래서 판사가 필요한 거여."

웬 판사? 부풀어 있던 감정에 바람이 빠지듯 피식 웃음이 나왔다. 들어 주고 다독여주며 우스갯소리까지 해주는 나이 든 분들의 넉넉한 마음에, 별일도 아닌데 흥분했다는 머쓱함마저 들었다.

언제쯤 나도 저렇게 느긋하고 초연해질 수 있을까. 평소에 회의했던, 나이가 들어감에 따라 지혜로워지는가에 대한 물음이 다시 고개를 들었다.

어차피 제때 조리하지도 못할 무청을 미리 사놓기 위해 남편과 내 마음을 불편하게 한 것은 욕심 때문이었다. 사기 전에 조리할 시간은 되는지 바쁜 스케줄에 몸은 허락할지를 먼저 살펴봐야 했다. 몸으로는 나이 듦을 느끼지만, 아직도 욕심이 앞서고 감정의 성급함이 남아 있으니 마음은 아직 젊음 어디쯤 머물러 있는가 보다.

젊음과 늙음의 경계는 어디쯤일까. 하면 된다와 해도 안 된다는 인식의 전환점인가. 전에는 잘했던 일도 점점 잘할 수 없게 되는 한계의 시점부터인가. 나 역시도 이순을 넘기면서 여러 가지 육체적 조짐이 나타난다. 나만은 언제까지나 젊으리라는 착각에서 깨어나는 시기이기도 하다. 거부하려 해도 순환에 따른 자연의 섭리를 어찌 피해갈 수 있으랴. 순응하며 받아들이리라 스스로 다짐하니 우선, 힘 있게 움켜쥐고 있던 것들을 하나씩 내려놓게 된다.

남편이 보기 전에 얼른 무청을 다듬는다. 무만은 아직 흙이 묻은 채 싱싱하다. 무청은 데쳐 말려 시래기를 만들고 무는 아이들이 좋아하는 깍두기를 담글 생각이었다. 누런 잎을 떼어내는데, 서운함도 욕심도 함께 떼어낸 듯 편안하다. 모두 한꺼번에 절여서 깍두기에 버무려 버린다. 맛있게 익어야 할 텐데.

욕심의 부피가 줄어든 만큼 채워지는 마음의 평화와 자유로움이 바로 초연함의 비결일 수 있겠다. 문제의 소용돌이 속에 무조건 뛰어들지 않고, 한걸음 뒤로 물러나 관조할 수 있는 여유가 생기는 것도 바로 내려놓음 때문이리라. 운동하거나 악기를 다룰 때 힘을 빼는 것이 기본적인 요소이며 결국 완성으로 이르는 단계가 아니던가.

나이가 들면 많이 알아서라기보다 숨을 고를 수 있는 시간이 있어 지혜로워지는 것이 아닐까.

존재의 이유

"중년의 복부 비만, 늘어나는 허리둘레 한번 가져봤으면 좋겠다. 하얗게 센 머리카락 한번 뽑아봤으면 좋겠다. 나는 한번 늙어보고 싶다." 암으로 투병하던 36세의 젊은 엄마가 어린아이 둘과 남편을 세상에 두고 떠나면서 남긴 말이다. 그 말 속에는 사랑하는 사람이 있기에 자신을 필요로 하는 사람이 있기에, 살아야 할 이유와 절절했던 갈망이 고스란히 담겨있다.

얼마 전 뉴스에서 건장한 젊은 남성 연예인이 자살한 사건이 보도되었다. 그를 처음 알게 된 것은 브라운관을 통한 한 드라마에서였다. 귀해 보이는 외모에 환한 미소가 빛나던 청년으로 내 기억 속에 머물러 있다. 그가 어쩌다 마약을 하게 되었는지는 알 길이 없다. 그로 인해 연예인으로서의 재기가 어려웠음조차도 어느 정도 짐작할 수 있다. 그러나 육체적 조건도 건강한 정신도 다 갖추었던 그가 한창 나이에 그토록 허무하게 갔다는 사실이 안타깝기 그지없다.

누구는 간절히 살고자 하나 살 수가 없고, 누구는 살 수 있지만 스스로 죽으려 한다. 이 모순적 사실이 오늘의 화두로 떠오른다. 요즘 들어 한국 사회에 자살률이 높아지고 있다. 극심한 생활고로 벗어날 길이 보이지 않거나 불치병으로 희망의 끈을 놓는 이해할 수 있는 이유보다, 정신적인 이유가 예전에 비해 많이 늘어났기 때문이다.

물질문명의 발달에 따라 풍요로워진 생활만큼 삶의 질이나 부의 격차가 커지고 있다. 그에 따라 상대적인 자괴감이나 정신적 빈곤의 체감도 클 수밖에 없을 것이다. 그러나 가장 큰 이유는 자신의 존재가 얼마나 소중한가를 인식하지 못하여 스스로를 사랑할 수 없는 까닭이다. 자신을 주인으로 보지 않고 타인에 비추어진 나의 모습에 보다 더 큰 비중을 두기 때문이리라. 따라서 실패에 대한 주위의 시선을 견디지 못하고 자신마저 스스로를 용납 못하는 자학의 원인이 크다 하겠다. 실패 역시 우리가 가는 길 중 하나의 길이라 생각했다면 그렇게 극단적인 방법을 택하지 않았어도 되지 않았을까.

한낮의 열기가 가라앉고 모처럼 스산한 바람이 있는 저녁이다. 발코니에 나가려고 문을 여는데 벌 한 마리가 모기장에 붙어 들어오려고 안간힘을 쓰고 있다. 손으로 두드려도 날아가지 않는다. 불을 꺼 보니 그제야 날아간다. 불을 끄지 않았다면 불이 꺼질 때까지 온몸의 기운을 탕진하거나, 누군가 문을 열어 집안으로 들어왔다면 결국 생명을 잃게 되었을 것이다.

빛으로 향하는 집념이 결국 자신을 다치게 할지라도 포기하지 못하는 이유는 무엇일까. 바로 기대와 그 기대 속에 보이는 환상 때문이 아닐까. 나 역시 넘지 못할 불빛의 벽을 향해 몸부림치던 때가 있었다. 그 길이 아니면 보다 나은 미래도 없을 것이라 단정 지었고, 그런 삶을 더는 허용하고 싶지 않았었다. 만일 그때 삶의 끈을 놓았다면, 나와 더불어 두 자녀와 지금의 내 가족은 현존하지 않았을 것이다. 또한, 부모 형제와 지인들의 가슴에 두고두고 아물지 않을 아픔을 남겼을 것이다. 돌이켜 보면 그 불빛 속에는 행복의 그림자를 비추는 허상뿐이었는지도 모른다.

우리는 모두 각자의 길을 가고 있지만, 그 길이 끝까지 뚫려 있다고 보장받을 수가 없다. 운명적으로 도저히 넘을 수 없는 한계의 벽에 부딪힐 때가 있기 때문이다. 길이 막히면 기어코 뚫어 보려고 무모한 도전을 하기보다는 포기하고 되돌아가는 것도 한 방법일 수 있겠다. 어쩌면 스치고 지나온 또 다른 길을 찾을 수도 있지 않은가. 하지만 목표만을 향했던 격정의 파도가 부서지는 절망 때문에 우리는 쉽게 방향을 틀지 못한다. 발코니의 벌처럼. 고개를 돌려보면 넓디넓은 세상이 있고 그들만의 꿀을 가진 수많은 꽃이 지천에 있다는 사실을 미처 깨닫지 못하고…

산다는 것은, 함께 존재하는 것이 아닐까. 나 혼자만의 삶이 아니라 가족으로서, 친구로, 동료로, 사회 속의 한 지체로서 말이다. 가끔, 삶은 나에게 무력감을 안겨 주기도 하고 짙은 허무 속으로 끌고 가기도 한다. 비록 원하는 삶이 아니었다 해도 자신이 원하던 목표에 도달하지 못했다 하더라도, 누군가의 곁에, 현재 내 자리에 있는 것 자체만으로도 충분히 의미 있고 가치 있는 삶이 아니겠는가.

영국의 천재 물리학자인 스티븐 호킹은 그의 환갑 기념 심포지엄에서 당신이 이룬 업적 중 가장 큰 업적이 무엇이냐는 기자의 질문을 받았다. "내가 이룬 업적 가운데 가장 위대한 것은 살아있다는 것이다."라고 대답했다. 21세부터 찾아든 루게릭병이라는 육체의 감옥 속에서도 하루하루 최선을 다해 버텨온 그의 의지를 감히 엿볼 수 있다. 그가 이룩한 빅뱅 이론이나 블랙홀 개념 등의 수많은 물리학적 업적도 그의 삶의 기적에 종속되어 있기에, 지금껏 살아 있다는 사실이 더 값진 일이라고 그는 말하고 있다.

산의 정상에 오르다 보면 바위 위에 터를 잡은, 비틀리고 구부러져 미처 크지 못한 나무를 볼 수가 있다. 어쩌다 이렇게도 척박한 환경에 뿌리내려졌는가, 가슴이 아릿해진다. 그 비루한 가지에 눈물 같이 매달린 작은 잎들. 생명의 경이로움과 고통의 결실을 하늘 아래 펼쳐 보이고 있다. 거칠 것 없는 바람을 견디며 단단한 돌 틈새를 비집고 힘겹게 뿌리 내리는, 그 살고자 하는 욕망은 처절하고도 숭고하다. 어떤 조건에서라도 주어진 생명에 최선을 다하여 지키는 것 또한, 생의 의무라고 온몸으로 말하고 있는 듯하다.

보잘것없다고 느꼈던 지난 시절 나의 모습을 되돌아보며, 이유 없는 삶은 이 세상에 없다는 것을 겸허하게 받아들인다. 다만 예측할 수 없는 미래를 위하여 평생 해지지 않을 가죽 신발을 준비하느라 내게 허락된 오늘을 소비하지 않기를 스스로 바란다.

정창규

kjs1664@gmail.com

사는 게 다 그런 거 아닌가요?
스피노자를 생각하며
호텔 캘리포니아
엇박자

사는 게 다 그런 거 아닌가요?

"사는 게 다 그런 거 아닌가요?" 대화 중 자주 듣는 말이다. 모이기만 하면 이 말을 격언처럼 읊어대는 사람들이 있다. 그럴 때마다 삶의 무게를 느끼며 나누던 대화가 겉돌고 맥이 빠지고 만다.

이런 식의 대화로 헤어지고 나면, 온몸은 거부감으로 근질거리기 시작한다. 나는 왜 알레르기 반응을 일으키는 것일까? 하지만 그 말을 다시 생각해보면 딱히 반대할 근거를 찾기 어렵다. 아니, 맞을 수 있다는 생각이 들 때도 있다. 그동안 살아오면서 뭔가 남다른 생활을 해온 것이 아니므로 더욱 반박의 근거를 찾아내기가 쉽지 않다. 공부, 졸업, 취직, 결혼, 자식, 집 문제 등의 패턴이 그들과 같이 획일적이고 평범하기까지 하다. 그럼에도 불구하고 그 반감은 줄어들지 않는다. 단지 삶을 단순 평범화시키는 결론이 싫어서일까? 아니면 내면에 존재의 의미를 찾고자 하는 욕구가 강해서이기 때문일까?

어느 날 마틴 하이데거(독일 철학자 1889~1976)의 ≪존재와 시간≫이란 책을 읽게 되었다. 그 안에서 우연히 지금까지 고민해오던 문제를 해결할 수 있는 실마리를 발견할 수 있었다. 하이데거는 '사는 게 다 그런 거 아닌가요'라고 말하는 사람들을 '그들'(the They) 이라는 단어로 명명(命名)하면서 '그들'의 특징을 세 가지로 설명해주고 있었다.

첫째, '그들'에겐 획일성, 평준화 특성이 있다고 한다. 다른 사람이 살아가는 방식과 자기가 살고 있는 방식이 같을 때 그들은 평안함을 느낀다. 결혼은 남들이 다 하기 때문에 하는 것이고 집을 소유하는 것 또한 남들이 다 가지고 있으므로 가져야 한다는 동질성에서 벗어나고 싶어 하지 않는다. 둘째, 규범에 대한 공공성(公共性)이다. 그들은 세계를 보는 것을 다수의 사람들이 보는 방식으로 봐야 한다고 생각한다. 따라서 어떤 일에도 적극적으로 관여하지 않고 수동적으로 끌려 다닐 뿐이다. 셋째, 앞의 두 특성을 가진 그들에겐 존재의 부담이 없어진다고 한다. 자신의 삶이 남과 동일하기 때문에 잘되면 좋고 잘못되어도 같이 잘못된다라는 식으로 자신에 대한 책임을 질 필요가 없어진다.

존재의 부담이 없는 삶은 남들이 사는 방식대로 쫓아가는 것으로, '그들'의 대표적 특성이라고 한다. 하이데거는 그런 삶을 사는 사람을 "비 본래적 존재"라 부른다. 그렇다면 그렇지 않은 존재는 누구인가? 그것은 '본래적 존재'로서 자신을 '세계-내-존재'로 인식하며 자신이 세계와 어떻게 관련지어졌는지 이해하는 자라고 한다. 어느 누가 목적과 의무를 부여해줘서 사는 것이 아닌, 자기 자신으로 어떻게 살아야 할지, 어떻게 존재해야 할지 결정하는 자를 말한다. 다시 말해 자신의 존재를 끊임없이 고뇌하고, 미래의 가능성을 오늘에 곱씹으며 결단을 내리면서 살아가는 사람이

'본래적 존재'라는 것이다.

L.A에 사는 70대 친척이 있다. 그는 10년 전부터 일을 그만두면 기타와 하프를 배우러 다닐 거라며 은퇴에 대한 기대가 남달랐다. 은퇴하자마자, 흰머리를 휘날리며 기타와 하프를 배우러 커뮤니티 센터에 다니기 시작했다. 처음엔 조금 하다 중단할 거라 생각했지만 의외로 몇 년을 배우고 난 뒤, 교회에서 노인 밴드를 조직하고 활동하기 시작했다. 실력이 탁월 하지야 않지만 그 밴드를 이끌고, 교회에서 발표하고, 호스피스 병원에 다니며 공연을 시작했고 요즘은 악기 폭을 넓혀 더 큰 밴드로 거듭나고 있다. 얼마 전에는 트럼프로부터 대통령 봉사상을 받았다고 상장 사진을 SNS로 보내왔다.(일 년 일찍 오바마에게 받았으면 더 좋았으련만) 그는 지금 삶이 행복하다고 말한다. 자신이 하고 싶은 일을 찾아서 기쁘고 자신의 존재가치가 느껴져 뿌듯하다고 이야기한다.

이민자인 우리는 크나큰 선택을 했다. 조국을 떠나 언어와 문화가 다른 낯선 땅에 새로운 둥지를 튼 개척자이기도 하다. 이민 후, 물질적인 삶은 예전과 비교하여 나아진 경우도 있고 후퇴도 있을 것이다. 그러나 새로움, 모험과 다름을 선택한 삶은 이미 본래적 존재의 길을 추구하며 발을 내디딘 셈이라 자부할 만하다. 나만의 독특함을 발견하여 꾸준히 결단을 내리며 어떻게 자기 자신으로 살아갈 것인지가 앞으로의 숙제가 아닐까 생각한다.

"사는 게 다 그런 거 아닌가요?"라고 누군가 두루뭉술하게 넘어가려고 하면 이제는 좀 더 자기 확신을 가지고, 삶은 결코 그렇게 가볍지 않다고 '그들'(the They)에게 이야기해주고 싶다.

스피노자를 생각하며

아내가 나를 흔든다. 내 몸이 시체처럼 상하체가 제각기 움직인다. 무슨 일이냐는 아내의 걱정스러운 목소리가 먼 곳에서 들리는 것 같다. 몸을 일으켜 침대에 걸터앉으니 상체가 앞으로 숙여지고 팔이 '살바도르 달리'의 늘어진 시계 그림처럼 축 쳐진다.

어제 저녁에도 그랬다. 책상에 앉으면 일어나기 싫었고 그저 등을 의자 뒤에 기대 눕듯이 앉아 있었다. 최근 일주일은 그랬던 것 같다. 스피노자 때문이다. 지난 한 달간 스피노자의 책을 읽었다. 그리고 그에게 몰입되어 내 마음이 그의 처지처럼 되어 버리고 말았다.

스피노자는 24세에 기존 유대교의 교리를 비판하는 언행과 글로 유태 사회에서 파문당하고 다락방을 전전긍긍하며 살았다. 유대인에게 파문이란 가장 큰 형벌이지만 그는 그 고통을 감내하며 소신을 굽히지 않았다. 다음은 파문 선고의 일부이다.

"천사들의 결의와 성인의 판결에 따라 스피노자를 저주하고 제명하여 영원히 추방한다. 잠잘 때나 깨어있을 때나 저주받으라. 나갈 때도 들어올 때에도 저주받을 것이다. 주께서는 그를 용서 마옵시고 분노가 이 자를 향해 불타게 하소서! 어느 누구도 그와 교제하지 말 것이며 그와 한 지붕에서 살아서도 안 되며 그의 가까이에 가서도 안 되고 그가 쓴 책을 봐서도 안 된다"

뿐만 아니라 '신학정치론'을 익명으로 발표했는데 모든 종교 단체가 그 책을 쓴 사람이 스피노자라고 즉시 알아보고 일제히 비난했다. 그의 사상은 날카로운 송곳과 같아서 어느 주머니에 담아도 불쑥 튀어나오고 마는 그런 것이었다. 처음엔 유대교만의 적이었지만 이 책이 출판되고 난 후, 기독교, 루터교, 칼뱅파와도 원수가 되고 말았다. 그는 침묵으로 일관하고 안경알을 깎으면서 싸구려 다락방에서 조용히 생활했고, 때로는 30일간을 두문불출하기도 하였다.

내가 스피노자에게 흥미를 가졌던 것은 파문 때문만은 아니었다. 그는 친구들과 자주 토론하였는데 친구 중 한 명이 스피노자의 사상에 깊이 감동하여 궁핍하게 사는 그를 도와주기 위해 전 재산을 그에게 물려준다는 유서를 작성했다. 이 이야기가 스피노자의 귀에 들어가자 그는 그 친구에게 달려가 자기가 왜 재산을 물려받느냐며 불같이 화를 내었다. 친구는 그의 분노에 유언장을 폐기하고 말았다. 또한 가장 명망 있는 하이델베르크 대학의 교수 자리도 제안이 들어왔지만 이 역시 거절했다. 그는 왜 돈과 명예를 거부했을까? 그 이유가 정말 궁금했다.

배가 몹시 고픈 사람이 식사를 하게 되면 허기가 채워지고 마음이 푸근해질 것이다. 하지만 맛있다고 계속 음식을 섭취한다면 당초의 만족스러운 마음은 사라지고 오히려 과다한 음식으로 불편해질 것이다. 스피노자는 돈과 명예를 이런 음식과 같은 것으로 보고 행복의 걸림돌로 간주했다. 그런 이유로 물질적인 것은 진정한 행복을 주지 못하기 때문에 거절했던 것이다.

스피노자가 주장하는 신(神)은 우리가 알고 있는 신의 개념과는 다르다. 세계를 창조하고 인간의 잘못을 심판하고 벌주는 그런 신이 아니었다. 그는 신이란 누구의 도움도 필요 없는 스스로 존재(存在)하는 자연 같은 실체(實體)이고 인간을 포함한 삼라만상은 실체의 한 형태인 양태(樣態)로 생각하였다. 그러나 당시의 기독교나 개신교는 인간중심의(인간 중심의) 인격신에 기반을 두었기에 정면으로 부딪칠 수밖에 없었다. 때는 17세기! 전 유럽이 성경의 하나님 믿음 아래 있던 시기였다. 스피노자의 신에 대한 관점은 많이 충돌했지만 그는 자기 신념의 자유를 진정한 행복으로 여기고 타인의 판단을 두려워하지 않았다.

그를 자세히 알면 알수록 생활 패턴이 읽힌다. 항시 살해 위협과 여러 파의 종교인에게 증오의 대상이 되면서도 자신이 생각한 진실한 삶을 추구한 사람이었다. 폐병을 앓고 있던 그는 '에티카'를 완성했지만 세상에 불러올 큰 파장을 우려하여 자기가 죽은 후에 출판하라고 친구에게 부탁하고 세상을 떠났다. 스피노자 사후, 그의 방에는 입주할 때 가지고 들어간 렌즈 깎는 기계와 간단한 식기도구 외 그가 남긴 글이 전부였다. 요즘 사람들에게 회자(膾炙)되고 있는 미니멀 라이프(minimal-life)를 그는 350년 전에 실천하고 있었던 셈이다.

그의 마음이 어떠했을까? 그를 알고, 그 심정이 나에게 이입되면서 나는 침울해지기 시작했다. 그의 고독이 온몸에 스며든 것 같다. 언젠가 나에게서 사라지겠지만 이 애틋한 감정을 당분간 가지고 살 생각을 해본다. 스피노자를 생각하며….

호텔 캘리포니아

1970년대 말 7월 어느 날, 재수한다고 서울에 상경했을 때 일이다. 당시 서울에는 실력 있는 선생님이 많아 공부 효과가 더 좋다고 부모님을 간신히 설득하여 서울행 허락을 받아냈다. 행여라도 돈이 많이 들면 허락하지 않을까 염려되어 최소의 비용만 필요하다고 이야기했다. 정확히 머물 곳을 정하지 않고 친구가 다니는 서울의 한 학원 앞으로 무작정 찾아갔다. 예정보다 일찍 도착하여 학원이 끝나려면 시간이 많이 남았고, 날은 더워 근처의 시원한 다방으로 갔다. 유리문을 밀고 들어서자마자 큰 소리의 음악이 들렸다. 막 시작한 그 곡의 기타 전주는 이전에 듣던 음과는 다른 음이었다. 단순하면서도 몽환적이고 한여름인데도 서늘함을 느끼게 했다. 나의 몸은 더위에 지쳐있는데 그 기이한 음은 가슴을 움츠려 들게 만들었다. 그 곡은 이글스의 호텔 캘리포니아였다. 팝송에 대하여 문외한이던 내게 그 곡이 주는 으스스한 분위기는 앞으로의 서울 생활에 대한 두려움과 대학입시에 대한 걱정과 겹쳐 나를 묘한 느낌으로 몰고 갔다. 다행히 서울의 Y대학에 합격했다. 대학에서 만난 J는 공대생임에도 불구하고 지적 수준이 상당히 높은 친구였다. 책 읽기를 좋아하는 공통점에 쉽게 친해졌다. 어느 날 다방에 앉아있는데 호텔 캘리포니아가 흘러나왔다. J는 두 손으로 어깨를 감싸며 "휴~ 추워, 저 노래만 들으면 왜 이리 춥지" 라는 말에, "난 서늘한데 넌 나보다 더하구나."라고 화답하면서 우리는 더욱 가까워졌다. 그 뒤로 우린 서로의 하숙방에서 밤을 새우며 문학과 삶에 대하여 이야기하기 시작했다. 캐나다로 온 후, 처음 고국을 방문했을 때 그와 둘이 일주일간의 한국 여행을 한 적이 있다. 우린 교대로 운전하며 무수히 많은 이야기를 나눴다. 그와는 천박한 이야기를 한 적이 없다. 그와 있으면 살아있는 시간이 소중함을 느낄 수 있었다. 그와는 아무 말하지 않아도 편안했었다.

아들이 고등학교 때 공부는 제쳐두고 밴드에 미쳐있었다. 사춘기의 아들은 공부해야 한다는 내 말은 듣지 않고 방과 후 몇 명의 친구들과 매일 밤늦게까지 밴드 연습을 했다. 나와 많은 충돌이 있었지만 질풍노도의 아들을 이길 수는 없었다. 어느 날, 학교 카페테리아에서 밴드 공연을 한다기에 참석했는데 여러 곡을 제법 잘 연주했다. 특히 마지막 곡의 전주곡이 나를 설레게 했다. 호텔 캘리포니아였다. 난 깜짝 놀랐다. 거의 완벽하게 아들이 이 곡을 연주했던 것이다. 곡을 듣는 내내 가슴이 뭉클했고 여러 가지 상황이 머릿속을 스쳐 지나갔다. 아내가 나와 아들의 갈등을 해소하기 위해 아빠가 좋아하는 곡 호텔 캘리포니아를 제안했다고 한다. 대학 때 기타 치던 친구들도 이 곡은 너무 어려워 음을 잡아내지 못했는데 아들이 직접 퍼스트 기타로 완벽하게 연주해 주었다. 대형 스피커를 통해 흘러나오는 호텔 캘리포니아는 그 소리의 크기만큼이나 내 가슴을 진동시켰다. 돌아오는 길에 아들에게 그 곡을 연주해줘서 고맙다고 말했어야 했다. 어쨌든 그 후 아들의 밴드 활동에 대해 잔소리하지 않았다.

오늘 차를 타고 출근하는데 라디오에서 호텔 캘리포니아가 흘러나왔다. 30여 년 전의 다방에 앉아 친구를 기다리는 나의 모습이 그려졌다. 그 시절을 기점으로 나의 인생은 바뀌기 시작한 것 같다. 가족의 반대를 무릅쓰고 재수했고, 대학을 못 갈까 봐 정말 열심히 공부했다. 대학도 중요했지만 당시 열심히 공부한 시간과 열정이 나를 세상 밖에서 자신감을 갖고 살게 했는지도 모르겠다. 그리고 같이 호텔 캘리포니아를 듣던 친구 J가 생각났다. 이 곡을 계기로 우리의 길고 깊은 대화가 시작되었다. 건강이 좋지 않던 그는 40대의 나이에 절명하고 말았다. 그립다. 그가 그립다. 사춘기의 아들이 카페테리아에서 나를 위해 퍼스트 기타를 쳐주던 모습이 그와 함께 오버랩된다.

엇박자

'돌아서 눈 감으면 잊을까~' 가수 김현식의 ≪사랑했어요≫라는 노래의 첫 소절이다. 아직도 노래방에 가면 가장 먼저 선곡하는 노래이다. 귀에 익은 전주에 맞춰, 리듬을 조금만 잘 타면 시작은 문제가 없다. 그러나 중간에 '내 마음 깊은 곳에 찾아와~' 부분에서부터 조금씩 불안해지다가 바로 이어지는 고음의 '사랑했어요~'에서 여지없이 박자를 놓치고 만다. 창피해서 고개도 못 돌리고 곁눈으로 주위의 반응을 살피게 된다. 일행들은 아무렇지도 않은 듯 하지만 속으로 배를 잡고 웃고 있다는 것을 나는 안다. 한 번 박자를 놓치면 당황하여 음정까지 흔들리기 마련이어서 노래를 좋아하지만 부르는 것은 고역이 아닐 수 없다.

노래를 좀 한다는 사람은 나 같은 사람을 이해하지 못할 것이다. 노래방 기계의 화면에는 노래가 들어갈 때, 4.3.2.1. 손가락을 띄우며 박자 진입을 도와주지만 박치(拍痴)에겐 그걸 따라 하는 것도 쉽지 않다. 엇박자로 노래를 부르고도 점수가 낮은 것은 기계 고장이라고 우기는 박치의 비애를 누가 알겠는가. 그러나 노래방에만 가지 않으면 이런 문제는 간단히 해결된다.

노래방에 같이 간 적이 한 번도 없는 K씨도 엇박자의 삶을 살고 있다. 고국에서 오랜 기간 영어 교사였고 은퇴 후에 토론토에 이민 온 분이다. 20년 이상 영어를 가르쳤으면 영어 사랑이 남다르련만 그는 한인문인협회 회원으로 열심히 활동하고 있다. 고국에서 시나 수필을 한 번도 써본 적이 없는 그가 영어권의 나라에서 우리말로 글을 쓰고 글쟁이 모임에서 두각을 나타내고 있다. 나는 그가 영어로 뭔가 말하는 것을 한 번도 들어본 적이 없다. 고국에서 가르쳤던 영어와 본토의 영어가 너무 달라서 그런 걸까, 아니면 영어 선생이었으니 영어를 잘 할 거라는 타인의 기대가 부담스러워서일까, 하고 추측해 본다. 그야말로 K씨의 삶 자체가 엇박자인 셈이다.

나는 아들에게 마흔 살에 은퇴할 수 있도록 열심히 모기지(mortgage)를 갚으라고 말하곤 한다. 그리고 은퇴 후에는 네가 하고 싶은 일을 하면서 사는 것은 어떠냐고 덧붙인다. 네가 좋아하는 목수를 하든지, 공부를 더 하든지, 하고 싶은 것을 생각해보라고 말한다. 몇 번을 조용히 듣고만 있던 며느리가 한마디 한다. "아버님, 마흔 살이면 회사에서 높은 직책을 맡게 될 것이고, 보수도 많이 받는데 어떻게 그만둬요? 그때부터 정말 저축하며 잘 살 수 있는데요." 지극히 당연한 며느리의 항변이다. 내 말을 인생을 엇박자로 거꾸로 살라는 어쭙잖은 충고로 들을 수도 있겠다 싶었지만, 아들에게만 조용히 말했다. "그래도 생각해 봐. 재미있을 수도 있잖아?"

노래를 잘하면 얼마나 좋을까마는 이미 박치인 걸 어쩌란 말인

가. 어떤 사람은 음악이 중요할 수도 있겠지만 다행히 나는 듣고 흥얼거리며 따라 부르는 것으로 만족한다. K씨는 글쓰기를 참 좋아한다. 그의 인생 자체가 엇박자라고 했지만 글에 대한 사랑이 그의 삶을 풍요롭게 해준다는 것을 나는 안다. 그의 글에서 편안함을 읽을 수 있기 때문이다. 그는 엇박자를 겪고 나서야 자신이 진정으로 좋아하는 분야를 발견했다. 우리 아들도 너무 늦기 전에 용기와 결단으로 하던 일을 중단하고 자기 자신을 진지하게 돌아볼 기회를 가졌으면 좋겠다. 그것이 엇박자처럼 보이지만 정(正)박자일 수도 있다는 것을 느꼈으면 좋겠다.

나는 어려서부터 남들이 가지 않는 길을 기웃거리는 버릇이 있었다. 누이들은 그런 나에게 "삐딱선을 타고 있다"고 말하곤 했다. 어머니의 지극한 사랑이 없었다면 나는 부랑자가 되었을지도 모른다. 아내의 사랑과 자식에 대한 책임감이 없었다면 나는 지금 아프리카의 어느 오지에서 살고 있을지도 모른다. 그리고 그 길이 싫지 않다. 어느 것이 정박자일까, 고민하며 살아온 시간이 십 년 단위로 몇 차례 지나갔다. 나의 야수와 같은 손톱, 발톱은 언제부터인가 날카로움을 잃더니 이제는 무디다 못해 다 뽑혀질 것 같은 나이가 되었다. 뛴다는 것이 버겁고, 험한 여행은 한 번 더 고려해야 할 정도로 몸이 마음을 따라주지 못하게 되었지만, 나는 언제나 엇박자를 생각한다. "넌, 왜 그렇게 삐딱하니?"라는 누이들의 나무라는 소리를 다시 들어도 좋다. 아니 듣고 싶다. 나는 왜 글을 쓰는가? 소통을 위해서 쓰기도 하지만, 깨어있기 위해서이다. 나의 엇박자를 잊지 않기 위해서 나는 오늘도 글을 쓴다.

손정숙

jsondaisy1@gmail.com

양반증서
억새꽃 흔들리는 들길에서
노란 스쿨버스(School Bus)
잔소리 바구니

양반증서

한국문인협회의 차기 이사장 선거가 열기를 더해 가는 모양이다. 수륙만리 먼 이곳까지 소견과 다짐의 메일이 쉬지 않고 날아든다. 짜증스럽게 주르륵 글 행간을 올리기가 일쑤인데 그 가운데 공통된 소견 하나를 발견하였다. 거의 모든 후보의 소견서 제1번은 '문인의 복지문제'로 창작지원금 확충을 실행하겠다는 공약이다. '…창작예술인들(문인포함)이 가난에서 벗어나고 자존심을 찾는 일이며 국가가 문인들(예술인)에게 최저의 생계비를 지원하고 예술인들은 창작에 종사하게 되는 것으로 문인들의 삶의 질을 향상시키는 첫 단계를 해결하는 일입니다.' 한국 문화예술인 복지조합발족에 대한 다짐이다.

왜 문인은 모두 가난해야 하는가? 문인의 자존심과 삶의 질 향상에 대해 잠시 생각에 잠겼다. 요즈음은 독서 인구가 적어 문인만이 글을 읽는 시대라고 한다. 흥미 위주의 베스트셀러문집에 대한 문학성을 우려하는 소리가 높은 시대이다. 그런가 하면 넘쳐나는 출판물의 대부분은 인쇄소에서 폐지장으로 직행한다고도 한다. 책을 사보는 독자가 적다는 반증인 것이다. 자고로 글(문文)에 종사한 인물치고 가난하지 않은 사람은 없었던 듯하다.

조선 후기 학자 이덕무(1741-1793)의 수필집 ≪천장관전서≫에 실려 있는 〈이목구심서1(耳目口心書-)〉에 다음과 같은 것이 있다. '지난 경진년-신사년 겨울에 내 작은 초가가 너무 추워서 입김이 서려 성애가 되어 이불깃에서 와삭와삭 소리가 났다. 나의 게으른 성격으로도 밤중에 일어나서 창졸간에 〈한서(漢書)〉 1질(秩)을 이불 위에 죽 덮어서 조금 추위를 막았으니 이러지 아니하였다면 거의 후산(後山)의 귀신이 될 뻔하였다. 어젯밤에 집 서북구석에서 독한 바람이 불어 들어와 등불이 몹시 흔들렸다. 한참을 생각하다가 〈노론(老論)〉 1권을 뽑아서 바람을 막아놓고 스스로 변통하는 수단을 자랑하였다.' 기가 차서 헛웃음 사이로 눈물이 배어날 것만 같다.

연암 박지원의 양반전을 읽어보면 천장관은 그래도 변통하는 수단을 스스로 자랑할 만한지 모르겠다. 정선 땅에 한 학식 높은 양반은 집이 몹시 가난하여 관곡을 천 석이나 빌어다 먹고 빚을 지게 되었다. 순찰 중인 관찰사에 의해 하옥된 그 양반은 밤낮 울기만 한다. 아내는 글만 읽을 줄 알았지 무능하기 짝이 없는 남편을 '양반(한 냥 반)은커녕 한 푼어치도 안 된다'고 비웃었다.

양반되기를 소원하던 한 서민 부자가 빚을 갚아주고 양반 신분을 사기로 했다. 관찰사는 양반신분매매증인 양반 증서에 행해야 할 형식적 행동절차 백가지와 갖가지 권리를 열거하였다. 그 내용인즉 '5경에 일어나 등불 켜고 어려운 글을 얼음 위에 박 밀듯 읽어야 하며… 아무리 추워도 화롯전에 불을 쬐지 말며… …이것을 어긴 경우 양반 자격을 박탈한다고 하였다. 결국, 그 부자는 돈만 내고 달아나서 평생 양반이라는 말을 입에 담지 않았다고 한다.

왜 내가 이렇게 장황하게 양반 이야기를 늘어놓는가? 그 이유는 지난봄 정선 아라리 촌장으로부터 바로 그 양반 증서를 받았기 때문이다. 양반의 덕목은 이러하다. "야비한 일을 딱 끊고 예를 본받아 뜻을 고상하게 할 것이며 입으로 구차스러움을 남에게 말하지 아니하고 늘 새벽에 일어나 학문을 익히며… 모든 품행이 양반 신분에 어긋남이 없어야 할 것이다." 이 멋있는 양반 증서가 무엇에 소용이 있을까? 가난한 양반들을 곰곰이 되새겨 보노라니 이상하게도 점점 그들이 친근하게 다가오는 것이었다. 비단이불은 없어도 두터운 한서들은 몇 질씩 소장하고 아끼는 선비, 빚을 지고 울 줄밖에 모르는 주변머리 없는 양반, 책으로 독한 바람을 막고 그런 꾀를 생각해 낸 변통을 자랑하는 숙맥 같은 순수성이 너무도 맑고 고고하기 때문이다. 특별히 하사받은 이 양반 증서를 액자에 고이 끼어 책상 앞에 걸어 놔야겠다. 글을 익힌다는 것은 그 먼저 마음을 닦아야 하는 것이어니.

억새꽃 흔들리는 들길에서

어느새 시월도 하순에 접어들어 사방에 바스락거리는 마른 나뭇잎 소리만 요란하다. 가을장마가 비바람을 대동하고 위세를 부리더니 모처럼만에 참 맑은 햇빛이 들판에 넘쳐흘렀다. 고국의 억새풀축제 소식이 내 귀에까지 들린다. 오래전 팔공산 등산길에서 만난 억새풀들이 손사래를 쳐대며 부르는 듯, 하얀 억새꽃 날개들이 시공을 넘어 마음속 깊은 회상의 언저리에 내려앉는다. 하던 일 모두 덮어두고 들로 나섰다.

억새와 갈대는 혼동하기 쉬우나 억새는 들이나 산에서 자라고 키도 작으며(1m 20cm), 진갈색의 뭉치 꽃을 겨울까지 달고 있는 갈대와는 달리 가을에 흰 열매의 날개가 부풀러 올라 모두 날아가 버린다. '포트 이리'로 가는 들녘에는 끝도 없이 펼쳐진 갈대밭이 온몸으로 바람을 맞으며 파도타기를 하는데 억새는 쉬이 눈에 띄지 않았다. 내심 실망하여 돌아오는데 이어진 숲이 잠깐 빈터를 내준 언덕 위에 지는 해를 등에 업은 하얀 억새밭이 환성을 지르게 하였다.

흔히 억새꽃은 생김새가 백발과 비슷해 쓸쓸한 정서를 나타낸다고 한다. 백발에 시선을 꽂으며 둔덕으로 올라갔다. 억새는 대개 무리를 지어 군락을 이루며 자란다. 하지만 아무리 큰 군락이라도 뭉친 무리의 힘, 부수고 뚫고 넘는 악착스러운 힘은 느껴지지 않는다. 바람이 부는 대로 흔들리는 억새는 저항을 모른다. 꺾이지 않으려는 강인한 지혜가 뿌리에 단단히 박혀 있을 뿐 생존의 의지와 하늘의 뜻에 따라 순종한다. 한여름이 지나면 온갖 어려움을 견디고 성취한 열매를 날개를 달아 사방으로 띄워 보낸다. 마치 깊은 수양을 쌓아 세상살이 모든 오욕을 초월한 지조 높은 백발노인 같다.

잠시도 쉬지 않고 바스락거린 삶의 이야기를 무궁무진 술술 엮어 줄 것도 같아 덮어 둔 내 보따리를 풀 채비를 하며 곁에 바싹 붙어 앉았다. 년 초에 뜻밖에 김연아 상원의원과 '한 캐 이야기 150년'에 옛날이야기를 좀 써보라는 통화를 하였다. 일정한 나이에 도달하였던지, 사회적인 공적을 쌓았던지 그도 아니면 전문분야에서 획기적인 업적을 이룩하였던지… 이런 조건들을 갖추어야만 자서전을 쓸 수 있고 자신을 펼쳐 보일 수 있으리라 생각해 왔다. 한데 노년의 언저리라는 것 말고는 해당 사항이 전혀 없음에도 자서전 '일부변경선 동(東)과 서(西)'를 매주 쓰고 있다.

처음 미국 버팔로에 도착하였을 때로부터 미국 생활 3년간의 이야기를 당시의 일기장과 머릿속에 있는 기억을 중심으로 이어가고 있다. 컬럼비아의 노벨문학상(1982년) 수상 소설가 가브리엘 가르시아 마르케스는 그의 자서전 ≪이야기하기 위해 살다≫

(1999년)에서 자신의 기억 속에 머문 추억을 하나씩 펼쳐 보이면서 한 가난한 문학 소년이 세계문학의 거장으로 우뚝 서기까지의 삶의 이야기를 써 내려간다. 나의 이야기를 펴 보일 용기를 얻게 된 것은 가르시아가 프란츠 카프카의 변신을 읽고 작가가 되기로 결심을 하였다는 자술에 힘입은 바 크다. 또한, 그의 노벨상 수상작 〈백년의 고독〉은 뿌리째 이주해온 나에겐 원초적 고독으로 대비되기도 하였다.

50여 년 전 미국인들은 대부분 코리아가 어디에 있는지조차도 잘 몰랐다. 일부변경선을 건너온 삶은 DNA만 빼놓고는 거의 전부 깨어지고 변화되고 적응되어야 하는 변신의 과정이었기 때문이다. 오늘 한 독자로부터 이메일을 받았다. '…마음속에 있는 제 이야기를 누군가에게 말하고 싶을 때가 저에게도 많이 있습니다….' 자서전은 누구에게나 일어날 수 있는 평범한 삶의 이야기이다. 금년도 노벨문학상 수상자 가즈오 이시구로는 일본의 추억을 보존하기 위해 소설 창작을 시작하였다 한다. 글을 쓰는 것은 기억에 관한 것이라고도 덧붙였다. 고난으로 하얗게 표백된 평범한 민초들의 기억들이 이민사로 승화되는 것은 아닐까. 노을에 빗긴 억새꽃들이 은빛으로 투명하게 빛난다.

노란 스쿨버스(School Bus)

청명한 날씨다. 간밤에 내린 비로 말쑥하게 세수한 대지는 촉촉하고 산뜻하였다. 문을 열고 나서니 무어라 이름 지을 수 없는 신선한 기대가 가슴 가득 스며들었다. 여름내 거침없이 달리던 길이었는데 앞차 따라서 서야만 했다. 노란 스쿨버스가 정지판을 내밀고 빨간 등을 깜빡이며 양쪽 길을 막고 서 있었다. 대여섯 살 되어 보이는 사내아이 하나가 파랑색 가방을 메고 후다닥 버스에 오르는 것이 보였는데 다음 순간 와앙~ 앙~ 울음소리가 터져 나왔다. 엄마 아빠와 함께 오빠를 배웅하던 여동생이 발을 동동 구르며 우는 것이었다. 오빠가 도로 뛰어나가 동생을 끌어안고 키스하고 달래주고 다시 오르고서야 노란 스쿨버스가 길을 열어 주었다. 마치 어린 오누이가 연출한 단막극을 본 듯, 방금 일어난 장면들이 머릿속에서 떠나지 않고 맴돌면서 여러 영상을 떠올리게 하였다.

처음 미국 '버팔로'에 왔을 때, 두 살짜리 아들은 동네 친구들이 줄지어 선 뒤꽁무니에 붙어 섰다. 그런데 노란 스쿨버스는 친구들만 태워가지고 떠나버렸다. 동네가 떠나가게 서럽게 울던 그의 손엔 아빠의 커다란 서류가방이 들려있고 '개구리 왕자'니 '백설공주' 같은 동화책이 들어 있었다.

오래전 런던 한글학교 교장을 하던 때였다. 토론토 국립과학관(Science Center)에 현장학습을 가려고 스쿨버스를 대절하였다. 규정상 함께 갈 어른 도우미가 필요하였는데 생업에 바쁜 학부모들을 어떻게 오게 할지 큰 걱정이었다. 한데 15명이나 자원봉사를 하겠다고 나섰다. 노란 스쿨버스를 타보고 싶은 것이 큰 이유였다. 이민 생활에 쫓기면서 묻어두었던 배움의 향수가 스쿨버스로 발길을 끌었을 것이라 짐작하였다. 처음 타본 스쿨버스는 딱딱한 의자에다 평지에서도 덜컹거려 몸이 상하좌우로 마구 튀어 올랐다. 울퉁불퉁한 길에서 엉덩춤을 추게 되면 아이들은 그때마다 환성을 지르고 버스 안은 성장 활력이 넘쳐나듯 왁자지껄하였다.

스쿨버스는 분명 학교, 배움과 연상 작용을 한다는 생각이 든다. 보람찬 인생길을 걷게 하는 교육이란 과연 어떤 것일까 새삼스레 되짚어보며 상념에 들게 한다. 한국 초기의 교육이념은 홍익인간이었다. 널리 인간세계를 이롭게 하는 사람을 양성하는 것이다. 캐나다에서는 좋은 사회인을 양성하는 것이라 한다.

시간이 흐르고 세태의 변천을 따라 교육이념도 변해야 하는 것인지 상념에 젖는다. '셸리 케이건' 박사의 '죽음'에 대한 강의는 17년간 '예일대'의 3대 명 강의로 유명하다. 죽음은 인생의 끝이며 영원은 있을 수 없다고 강의한다. 유한한 고로 소중한 짧은 인생에 의미 있고 가치 있는 목표를 세우고 스스로 개척해 나가야 한다고 열변을 토한다. 삶의 궁극적인 목표는 자기 스스로 자기를 잘 돌보고 풍부하고 값진 경험으로 내 삶의 그릇을 채워 다른 이들의 삶을 윤택하게 하는 것이며. 힘든 세상을 좀 더 좋은 곳으로 만드는 것이라 결론을 지었다. 그런데 그의 당면 목표는 자신의 세 아이를 타인을 배려하는 아이들로 잘 키우는 것이라 하여 혼란을 야기하였다. 세 아이의 인생 목표는 무엇이란 말인가. 그의 당면목표는 '스스로 자기를 돌보는 능력이 삶의 궁극적 목표라' 한 주장과 상치되고 있기 때문이다. 특히 그가 강조하는 "의미있고 가치 있는 목표" "값진 경험" "좀 더 좋은 곳"의 말뜻과 기준이 무엇인지 평범한 생활인들의 머리엔 확연하게 잡히지 않는다.

지금은 유치원생들도 아이패드로 전자게임을 하고 매주 평균 32시간의 TV시청과, iphone에 종일 몰입하는 '테크놀로지전성시대'라 한다. Andrew Mills목사는 오늘날 급속도로 발전하는 이기(利器)-자동차, TV, 전화… 등이 우리 삶에 미치는 큰 해악은 소통의 단절이라고 하였다. 타인을 이해하거나 배려하는 관계가 설자리가 없다는 것이다. 오누이의 티 없이 맑은 사랑의 소통이 어쩌면 인생의 궁극적 목표의 한 유형이 아닐지 생각해 본다. 노란 스쿨버스가 새 교훈을 준 가을 아침이 상쾌하다.

잔소리 바구니

도자기는 단순한 찰흙 빚기가 아닌 심신 승화의 경지에 이르는 예술, 즉 도예라고 거창하게 특강의 첫 말문을 열었다. 인품에서 연륜(年輪)의 광채가 빛나고 농익은 지혜의 향기가 은은한 학생들이니 강사 선생일지라도 옷깃을 여미고 말을 가다듬을 수밖에 없었다. 50여 명의 학생들은 아주 진지하게 설명을 들으며 손목으로 흙을 반죽하여 공기를 뽑아낸 후 기다란 코일을 만들어 질그릇의 기본모형을 쌓아 올리느라 여념이 없었다.

매주 화요일 오크 빌(Oakville) 동신교회의 '늘 푸른 시니어 칼리지(Evergreen Senior College)'에서 선택과목인 도자기강좌를 맡게 되었고, 오늘은 전체 특강이 있는 날이었다. 나이와 관계없이 각 개인은 존귀한 존재이며 인간다운 삶을 영위해야 되는 삶의 근원이다. 인간다운 삶이란 알맞은 자리, 자리에 알맞은 구실, 구실에 알맞은 보람의 삶이라 정의한다. 정상적인 인간은 정신적, 감성적, 육신적 능력을 계발 발휘하면서 아름다운 삶을 살아간다.

개인의 일상이란 정신적 능력(선악 분별의 판단, 사고와 인지의 능력), 감성적 능력(아름다움의 감상, 표현, 전달의 능력), 육신적 능력(오감, 언어 구사, 행동 실행의 능력)을 조화롭고 적절하게 운용하는 것이다. 일반적으로 시니어들은 이상의 능력은 갖추고 있으나 강력하고 예민한 순발력이 떨어지는 시기로 도전보다는 거두고 즐기는 시기라고 할 수 있다.

법정정년 퇴직인 65세 이상을 통칭하지만 100세 인생의 고령화 시대에 도달하고 보니 인식수정이 필요할 듯도 하다. 성경엔 인간 평균수명이 130세라 기록하고, 미국 알베르트 아인슈타인 의과대학 연구팀은 115세라고 발표하였다. 60, 70세라면 그 절반밖에 안 되는 나이이니 가장 왕성하게 씨를 뿌리고 경작하고 키울 수 있는 나이라고 목소리를 높이는 이들도 있기 때문이다. 실제로 은퇴한 의사, 교사, 간호사나 고위직 기술자들을 보게 되면 아직도 왕성한 이들의 재능과 여력이 허비되는 것 같은 안타까운 생각이 들기도 한다.

아침 신문에서 흥미로운 기사를 읽었다. 가진 돈 다 쓰고 죽는다는 이색모임 쓰죽회에 대한 소개였다. 또 다른 면엔 젊은 층 68%는 재산상속을 희망하는 반면 정작 33%의 부모들은 내 돈 다 쓸 것이라는 글로벌 금융회사 '나티시스'조사결과가 나와 있었다. 언뜻 재정문제로 부모와 자식 세대 간에 살벌한 대치 관계가 생겨 천륜과 인륜을 뒤흔드는 불안이 스쳤다. 하지만 일생을 자식들의 성장과 교육을 위해 자신을 돌보지 않고 헌신해온 부모들이 자칫 나태해지고 이기적으로 될 수 있는 자식들에게 주는 마지막 경종이라는 확신이 들었다. 인생의 알맞은 자리와 구실과 보람을 스스로 개척해 나갈 수 있는 능력을 발휘하도록 자리를 비켜 주고 나머지 반 이상의 나의 삶을 새롭게 빚으려는 각오가 오히려 감격스러웠다.

한 시간의 도자기 빚기가 어느새 다 지나가고 모두 조별로 자기 작품을 들고 나와 소감을 발표하고 품평을 받는 시간이 되었다. 작품을 만들게 된 동기부터 작품소개가 펼쳐졌다. "고추장, 된장, 쌈장 종지에요." "이 커피잔은 먼저 간 남편을 생각하면서 만들었어요." "이건 정종 술잔입니다. 옛날 아버님이 반주하시던 술잔이지요." 바닥 가운데엔 아주 작은 종이쪽지가 들어있었다. 전매특허 문장이라도 되나 보았다. 작은 접시, 붓통, 꽃병 등을 들고 나와 눈물을 글썽이기도 하고 미소를 짓게도 하면서 투박한 질그릇 품평이 화기애애하게 진행되고 있었다. 가냘픈 몸집의 남자분이 코일을 틀어서 대나무로 엮은 듯 보이는 네모난 작은 바구니를 들고 앞에 섰다. "이건 우리 마누라 잔소리 바구니"에요. 바로 곁에 있던 마누라는 물론 온 강의실이 폭소의 바다가 되었다. '잔소리를 바구니에 담아서 뭣하시게요' '모아서 내다 버리려고요' 시니어는 살아온 시간이 길어서만은 절대 아닐 것이다. 너그럽게 관조하는 가운데 평화와 사랑의 실제를 전수하는 삶의 본보기 존재들인 것이다.

김영수

yyss0506@hanmail.net

여행가방 속의 내일

여행 가방을 챙긴다. 점점 짐이 간소해진다는 생각을 한다. 일상에서의 반복은 리듬을 낳고, 리듬을 타면 삶의 무게가 조금은 가벼워지는 듯하다. 손가방 하나에 꼭 필요한 몇 가지, 인간으로서 갖추어야 할 최소한의 물건만 넣는다. '있으면 좋을' 것들이 아니라 '없으면 안 될' 것만 추려 본다. 여행 가방뿐 아니라 머릿속 가득한 생각이나 앞으로의 삶도 그렇게 단순할 수 있다면….

마음에 밑그림을 그려 선과 색으로 세월을 채우며 간절히 꿈꾸던 여행. 미지의 세상을 호기심으로 하나씩 건드려 풀어가는 마법처럼, 여행은 할 때마다 새롭고 설렌다.

혼자 짊어지고 감당해야 할 고독이 두렵기는 해도 사색여행은 혼자여야 제맛이라는 말에 구미가 당긴다. 스스로에게 납득할 만한 이유를 설명할 수 있을 때쯤, 어쩌면 한 번쯤은 나 홀로 떠나는 여행을 계획할지 모르겠다.

흔히들 인생을 여행에 비유한다. 생각해 보면, 여행을 계획할 때의 설렘이 인생 초기에 갖게 되는 세상을 향한 흥분 어린 기대와 비슷하다. 또한 인생의 황혼 무렵 지친 육신의 피로를 정신적 안식으로 달래는 점에서는, 여행 목적지에 이를 때쯤 숙소에 짐을 풀고 차 한 잔으로 여독을 푸는 일과 닮아있다. 여행도 인생도 저물녘이면 원초적 편안함을 찾는다는 공통점이 있는가.

'인생의 종착지인 무덤에 누가 먼저 도착하느냐가 아니라 어떻게 살았느냐'로 인생을 평가하듯, 여행도 어떤 길을 택해 무엇을 보고 어떻게 받아들이며 다녔느냐에 가치를 두게 된다. 사람이든 사물이든 뜻하지 않은 만남으로 여행은 풍요로워진다. 인생에서도 어떤 사람을 만나느냐로 나머지 삶이 전혀 다르게 전개될 수 있듯이.

어떻게 여행을 해야 알차게 하는 것일까. 작은 것 하나도 놓치지 않겠다는 생각이면 도보 여행만큼 좋은 방법도 없을 것이다. 배낭 하나 짊어지고 발품 팔며 구석구석 다니다 보면 일상에서는 좀처럼 찾기 어려운 갖가지 보물과 마주치게 될 것이다.

그러나 휙휙 달리는 창가에 기대어 바깥 풍경에 빠져드는 재미도 여행에서 빼놓기 어려운 매력이다. 차창을 통해 들어오는 큼직한 윤곽을 하나의 완성된 그림으로 받아들이며 생각과 마음의 폭을 키울 수 있는 기차나 자동차 여행을, 나는 그래서 좋아한다.

가끔씩 차를 세우고 침묵으로 호흡하며 가능하면 느린 걸음으로 자연의 크고 작은 신비를 즐기는 것도 해볼 만한 일이다. 한 번에 두 가지 일이 어려운 나는, 걸으면서 보기보다는 멈추어 서서 바라보는 것을 좋아한다. 그래야 오감을 동원해 자연을 느낄 수 있고, 우주 가득한 기(氣)를 온전히 받아들이는 기분이 든다. 말벗과 글벗이 되어줄 누군가 곁에 있는 것도 좋겠지만, 있어도 없는 듯 없어도 있는 듯한 동행이라면 더 좋지 않을까 생각한다.

우리의 삶 속에 보이지 않는 뒷면에는 더 빨리 더 많이 얻고 잃지는 말았으면 하는 욕심이, 조급함과 불안감 속에 자리 잡기 쉽다. 때문에 몰입 자체를 즐기는 여유가 쉽지 않고 열정 속에서도 만족감을 얻기가 어려운지 모른다. 이를 감안한다면 가끔씩 주어지는 여행이, 내려놓음과 느림의 미학을 맛보는 기회가 될 수 있지 않을까 싶다.

걷다 쉬다 하여 마냥 더뎌진 걸음이라 해도, 해질녘에 편안히 몸을 눕혀 쉴 곳을 찾기만 하면 그만 아닐까. 노그라지는 몸과, 덩달아 적당히 피로해진 정신도 이완시킬 겸 길게 누웠을 때의 그 느긋함. 하루를 충실하게 보낸 육신은 한층 가라앉은 별무리를 바라보며, 가까이 멀리 들리는 풀벌레 소리에 안겨 평온한 잠 속으로 빠져들 것이다.

앞으로의 여정도 있는 그대로 받아들이리라는 다짐이 있기에, 다음 날을 걱정하지 않는 잠은 달고 깊다. 단잠으로 마무리되는 하루는 오늘에 대한 완벽한 마침표보다는 쉼표로 남겨두는 게 더 맛깔스럽다. 인생길도 아마 여행길과 크게 다르지 않을 것이다. 젊어서는 완벽한 하루의 마무리를 부러워했지만, 이제는 다소 부족하면 부족한 대로 남겨둔 오늘도 괜찮다는 마음이다.

그날이 그날 같은 생활에서도 때로는 낯선 얼굴을 내미는 게 내일이다. 조금씩 닳아 없어지는 시간 속에서 매일 다른 표정으로 다가오는 인생의 내일. 변화를 두려워하거나 안일한 삶을 추구하면 답보 상태에 머물기 쉽다. 기대하지 않았던 것을 풀어본다는 호기심으로 두려움을 눌러본다. 세상 어디를 가도 마주칠, 새롭고 낯선 내일이다.

내 손 잡던 손

내일이면 떠나는 날이다. 친정엄마와 보내는 마지막 밤. 고개는 벽을 향한 채 슬그머니 이불 속 엄마 손을 더듬어본다. 눈물을 보이지 않기로 며칠 전부터 약속했기에 엄마 눈을 바라볼 자신이 없다.

오늘 엄마의 손은 사랑이나 정 같은 느낌보다는 그저 아픔이 전해오는 손이다. 엄마도 나와 같은 마음인지 손을 잡힌 채 아까부터 미동도 없다. 말없이 잡은 손에 지그시 힘을 주어 본다. 이 손을 놓으면 다시 잡을 수 있을지, 아흔이라는 엄마 나이를 의식하면 '다음에'라는 말이 무슨 의미가 있을는지. 새벽까지 그렇게 손을 잡고 있었다. 잠결에도 잡은 손 놓지 말아야지 하던 기억은 나는데 속절없이 찾아온 아침에 우리 손은 맥없이 풀려 있었고 우리는 또 한 번 이별해야 했다.

그렇게 내 손을 잡았다가 놓은 손을 생각한다. 늦게 퇴근하여, 잠든 아기의 앙증맞고 말캉거리는 손을 가만히 쥐면 가슴 벅차면서도 먹먹했다. 장거리 통근하며 직장에 다니는 내 손은 아기에게 늘 미안했다. 방에 들어서는 제 엄마 얼굴만 보여도 동그랗게 웃으며 내밀던 손. 쥐어보는 것도 아깝던 손인데 언제 내게서 빠져 나갔을까.

중학교에 들어간 아들 손가락이 조금씩 굵어지기 시작하면서 우리는 손을 잡는 일도 드물어졌다. 얼굴 보기도 어렵던 대학 시절을 마치는가 싶더니 어느 가을날, 햇볕 내려앉는 공원에서 그 손은 사랑하는 여자의 손을 잡았다. 아들의 손은 내가 알아차리지 못하는 사이에 제 아빠 손만큼이나 커져 있었고 뼈마디가 굵어져 제법 듬직해 보였다. 나는 아들 손에 들어있는 며느리의 하얀 손을 바라보며, 잠깐 한눈파는 사이에 지나가버린 듯한 세월을 느껴야 했다.

세상에서 제일 크던 손을 기억한다. 바위도 쥐고 흔들 것 같던 아버지의 손. 어릴 때 그 손은 못할 게 없는 만능 손이었다. 힘이 나오고 돈이 나오고 사랑이 나오는. 한 손으로는 잡지 못해 두 손으로 감싸서 잡던 촉감이 선명한데, 어느 시점부터 우리 손은 같이 늙어갔다. 결혼하고 주부로 교사로, 시간을 다투는 일상에 밀려 아버지 손을 잡기는커녕 바라볼 기회마저 드물었다.

세월은 흘렀고 아버지는 일흔이 넘은 노인이 되었다. 내 나이 마흔 몇에 잡아본 아버지 손, 언제 살이 빠져나갔는지 힘없이 밀리는 손등을 말없이 어루만지던 시간이 기억에 남아있다. 이민 오기 며칠 전이었다. 아버지 옆에 앉아 있다가 나도 모르게 눈물이 툭 떨어졌고 그걸 감추려고 허둥거리다 엉겁결에 잡은 손. 언제까지나 크고 듬직할 것 같던 그 손은, 맏딸의 무심함을 탓하려는지 온기를 잃은 힘줄과 거죽만 남은 듯했다. 아버지도 내 속내를 읽었는지 무슨 말인가 하려다 말았고 나는 잡은 손을 어쩌지 못한 채 천장만 바라보며 앉아있었다.

이민 온 지 몇 달 지나지도 않았는데 자리에 누우셨다는 소식을 듣고, 배편으로 온 이삿짐을 정리하기도 전에 아버지를 만나러 날아갔다. 모든 게 내가 이민을 왔기 때문이라는 자책에서 헤어날 수가 없었다. 아버지와 두 달 반 동안 병실에서 불안한 시간을 보내다가, 죽음의 그림자가 두려워 눈을 마주치는 것조차 조심스러울 때쯤 나는 그 손을 영영 놓아야 했다.

삶이란 이렇게 차례로 손을 놓고 놓다가 떠나는 것이겠구나. 만나서 반갑다며 잡은 손의 온기가 채 가시기도 전에 떠난다고 손을 내밀던 이들. 많은 얼굴이 바람처럼 스치고 지나간다. 이별하는 내 손을 마지막으로 잡아주는 사람이 남편이 아니면 좋겠다. 떠나는 그의 손을 내가 잡아주고 싶다. 아내의 손을 잡고 평온하게 떠날 수 있도록 배웅한다면, 만일 그럴 수 있는 일이라면, 그가 원하는 아내로 살지 못한 미안함을 조금은 덜 것 같아서다.

흐르지 않을 것 같던 마딘 시간도 어김없이 지나, 내 아들이 아기였을 때보다 더 여리게 느껴지는 고사리손을 선물처럼 받았다. 내 아들의 아들, 두 손자의 손이다. 작은 손가락을 움직여 우리 부부의 손을 잡을 때면 우리는 세상 모든 것을 다 잊은 듯, 아니 다 얻은 듯한 표정이 되곤 한다. 손자는, 되돌릴 수 없는 시간의 끝에 서 있는 삶의 허무마저 잊게 해주는 존재다. 인생의 저물녘에 온전히 흔흔할 수 있는 시간은 두 손자를 품에 안고 있을 때라고 말한다면 과장일까. 시간에 눌려 조금씩 주저앉는 나를, 그리고 우리 부부를, 오늘도 고 여린 손들이 일으켜 세운다.

아버지와 아들

숲길을 걷고 있다. 꽤 오래 걸어도 사람은 보이지 않는다. 어둑해지는 해넘이 시간이라 그럴까. 강가 쪽으로 걸음을 옮겨 본다. 이미 나무 위쪽은 어둠에 물들었고 발그레 익은 홍시 빛 노을이 나무둥치 쪽을 띠처럼 두르고 있다. 숲은 이제 얼마 남지 않은 오늘 하루치의 빛을 붙들고 주어진 시간을 마무리하려나 보다.

강기슭에 거무스레한 물체가 보인다. 윤곽만 드러나는데 두 사람이 앉아있는 모습이다. 무슨 말인지 알아들을 수는 없어도 초로의 남자와 청년인 듯한 젊은이 목소리가 들려온다. 아버지와 아들 같다. 나직한 그들 음성이 물소리와 어우러져 화음을 이루며 강물을 따라 흐른다. 진지한 대화를 나누는 듯하다. 무슨 이야기를 하고 있을까. 나는 방해가 될까 봐 발소리를 누르며 멀찌감치 떨어져 걷다가, 근처 바위에 걸터앉아 오래전에 지나간 우리 가족의 시간을 생각하게 되었다.

이민 오기 바로 전해였다. 우리 부부는 고국을 떠나기 바로 전까지도 이민을 결정한 게 잘한 일인지 아닌지를 두고 고민했다. 남편이 맏아들이라는 점이 가장 큰 걸림돌이었다. 남편은 직장을 정리하기에 앞서, 캐나다에 미리 가서 공부하고 있는 아들을 만나러 갔다. 두 달 동안 아들과 생활하다 한국으로 돌아오는 길, 둘 다 표현하는 일에 익숙지 않은 그들은 토론토 공항에서 무척이나 어색한 작별 인사를 나누었나 보았다. 출국장에 들어서다 힐끗 돌아본 남편 시야에 아들 눈시울이 붉어지며 눈물이 핑 도는 게 들어왔고, 그 순간 초로의 남편 가슴이 울컥했다. 그건 자식이 부모 나이에 이르러보지 않고서는 이해할 수 없는 마음일 것이다.

비행기를 타고 오는 열네 시간이 남편에게는, 아들과 함께한 소중한 시간을 돌이켜보며 자신의 삶과 가족의 의미를 새삼 생각하는 계기가 되었다. 사는 게 뭔지 가정이 어떤 의미인지 생각할 겨를도 없이 살아온 50년 가까운 세월을 되돌아보며, 드물게 혼자만의 시간을 가진 거였다. 고국에서 지니고 누리던 모든 것을 다 버리더라도 가족이 함께 모여 살아야겠다고 마음을 굳힌 건 울음을 참는 네 눈을 보았을 때였다고. 남편은 그날로부터 십여 년이 지난 어느 저녁 식탁에서 성인이 된 아들에게 담담하게 말했다.

나는 남편과 아들이 두런두런 이야기하는 모습이 보기 좋았다. 밥을 먹을 때나 가구를 조립할 때, 눈을 치우거나 드라이브하면서도 그들은 낮은 목소리로 대화를 나누며 나이 차이 많은 형제처럼 지내곤 했다. 가족이 함께하는 시간도 좋지만 나는 그들 부자의 오롯한 시간이 훗날 얼마나 소중한 추억으로 살아날까 싶어 될 수 있으면 그들만의 시간을 많이 마련해주려 했다.

강가에 있던 그들도, 이 땅의 많은 아버지와 아들이 이런저런 이유로 미루고 있을지도 모를 대화를 나누고 있지 않았을까. 멋모르고 태어난 어린 생명이던 아들이 이제 성인 문턱에 들어설 만큼 의젓하게 자랐으니, 나이 든 아버지가 들려주고 싶은 이야기인들 오죽 많을까. 세상 문을 먼저 연 아버지로서, 그가 숨 쉰 세상의 대기와 발이 닳도록 밟고 다닌 흙에 대해 해주고 싶은 말은 또 얼마나 절절하겠는가. 엄마가 해줄 수 있는 말이 있고 아버지밖에 해 줄 수 없는 말이 따로 있거늘, 아마 그런 말을 하고 있었으리라. 그들 곁을 지나오면서 나는 아들의 엄마는 어디에 있을까 하는 의문이 잠시 스쳤었다. 그러나 그 엄마도 어쩌면 나처럼 부자만의 시간을 마련해주었을지 모른다고 생각하니 마음이 놓였다.

아버지와 아들 사이의 정이란 아마 그런 것일 터. 서로의 가슴 밑바닥에 묵직하니 들여놓은 잉걸불 같은 것. 겉으로 드러나지는 않아도 늘 가슴 어딘가에 조용히 살아있는 잠재적인 불꽃. 행복하고 편안할 때는 있는 줄도 모르다가도, 아프고 시린 바람이 불면 어디에 그리 큰 불씨가 있었느냐 싶게 강한 불길을 일으켜 무서운 힘으로 서로를 감싸고 보호하는 존재, 그런 관계가 아버지와 아들이 아닐는지.

숲을 한 바퀴 돌아왔는데도 그들은 아직 자리를 정물처럼 지키며 대화에 빠져있다. 그 정도로 오랫동안 잔잔히 대화를 이어갈 수 있는 관계라면 안심해도 좋을 부자간일 것이다. 그런 소중한 시간은 아무나 가질 수 있는 게 아니다. 그들은 오늘 강가에서 나눈 시간을 오래 기억하며 각자의 인생길을 걸어가리라. 그리고 어쩌면, 아들이 지금 제 아버지 나이가 되었을 즈음에는, '아버지 마음'을 이해하게 되리라. 결코 기다려주지 않는 세월의 야속함까지도.

가족사진 속의 시간

미국에 살고 있는 외사촌 오빠가 전화를 했다. 내 스마트폰에 들어있는 우리 가족사진을 우연히 보았는데 내 얼굴이 어쩌면 고모를 닮아도 그렇게 꼭 닮았냐며, 처음 보는 순간 고모 젊었을 적 사진인 줄 알고 깜짝 놀랐다고 했다. 고모는 나의 친정어머니를 가리키는 말이었다.

우리가 캐나다로 이민 오기 전, 친정 식구들이 다 같이 모여 외식을 하기로 한 날이었다. 친정아버지는 모두 모인 김에 음식점 가기 전에 가족사진부터 찍자고 했다. 느닷없는 제안에 어리둥절한 우리는 나중에 옷이라도 잘 차려입고 찍자며 내키지 않아 했지만, 아버지는 '나중에'라는 게 어디 있느냐며 강행하셨다. 얼결에 따라나선 우리는 평생 별러서 한 번 찍는 가족사진을 청바지와 후줄근한 티셔츠 차림으로 찍어야 했다.

아버지는 사진을 가로세로 1m가 넘게 인화해서 전시회에서나 봄직한 멋스러운 액자에 넣어 벽에 걸어두셨다. 사진 속 우리 가족은 입던 옷차림이라 촌스럽기는 해도, 그래서 오히려 더 친숙하고 자연스러워 보였다. "나중에라는 건 없다"시던 아버지는, 그때가 마지막인 걸 예언이나 한 듯 이듬해에 이승을 떠나셨고 벽에는 가족사진만 덩그러니 남았다.

세월은 어김없이 흘렀다. 사진 찍을 당시에는 어리던 나의 아들이 캐나다에서 결혼식을 치른 이듬해, 엄마를 뵈러 친정에 갔을 때였다. 아버지 생각이 나서 거실 벽에 걸린 가족사진을 바라보다 문득 마주친 엄마 얼굴. 젊은 엄마가 사진 속에서 웃고 있었다. 엄마라는 존재는 나이 든 노인이어야 한다는 듯, 그날따라 엄마가 젊다는 것이 왠지 낯설었다. 엄마 나이가 팔순을 훨씬 넘었고 나 자신이 이미 사진 속 엄마 나이에 가까워서 그랬을까.

개인의 기억과 경험도 기록을 통해 역사가 될 수 있듯이, 사진 한 장에 담긴 가족 얼굴에서 나는 많은 이야기를 듣고 있었다. 사진 속 시간의 흐름을 읽으며, 젊은 엄마 얼굴에 나의 흔적이 들어있고 사진에 있는 엄마 얼굴이 바로 내 얼굴일지 모른다는 생각을 했다. 나는 사진에서 눈을 떼지 못한 채, 엄마에게서 나에게로 대물림 되어온 삶의 행로를 떠올리고 있었다. 어릴 때는 철이 없어서 그랬을 테고 결혼하고 나서는 바쁘다는 핑계가 있겠지만, 엄마가 지나온 시간을 건너다볼 마음의 겨를이 그토록 없었을까 싶었다. 형체 없이 삭아서 내 몸의 일부가 되었을 엄마의 시간을, 나는 처음으로 가족사진 속에서 발견한 거였다.

훗날 내 아들이 지금 내 나이가 되었을 무렵, 어쩌다 꺼내본 사진 속 젊은 아빠에게서 제 모습을 느낄지도 모른다. 그리고 제 아빠가 처음부터 나이 든 사람이 아니라 그에게도 주체 못 할 젊음이 있던 존재라는 걸 불현듯 깨달을지 모른다. 사진 속 아빠를 닮은 제 얼굴과 자기 얼굴에 스며있는 아빠의 시간을 발견하고 과거를 추억하는 아들 마음도 내 심정 같지 않을까.

언젠가 내가 사춘기를 막 지날 즈음, 사촌오빠가 내게 무엇인가를 보여주었다. 거기에는 우리 삶의 어긋난 시간을 노래하는 시(詩)가 적혀있었다.

'아이가 아빠와 같이 놀고 싶어 할 때 젊은 아빠는 너무 바빠서 나중에, 하며 미룬다. 아이가 자라 어른이 되었을 때 늙고 외로운 아버지가 아들과 같이 시간을 보내고 싶다며 손을 내밀자 아들은, 지금은 너무 바쁘니 나중에요, 하며 미룬다.'

자세히는 생각나지 않아도 대강 그런 내용이었다. 아버지와 아들이 생활에 떠밀려 어긋난 시간을 살다가, 아버지 죽음을 앞두고 서야 보이는 늙은 아버지의 외로웠을 시간을 돌아보며 통한하는 시였다. 그 시를 읽고 '나는 그렇게 살지 말아야지' 하고 다짐하던 기억이 나지만, 우리 부모님 삶도 내 앞의 삶도 그리 호락호락하지만은 않았다.

돌이켜 보면 무슨 대단한 삶을 사는 것도 아닌데, 시(詩)에 나오는 아버지와 아들처럼 우리 역시 발밑만 바라보며 '나중에'를 되풀이하고 있는 건 아닌가 싶다. 두 아이를 둔 내 아들은 젊었을 적 제 아빠처럼 숨찬 시간의 궤도를 돌고 있고, 아들 아빠인 나의 남편은 초로에 접어든 아버지가 되어 구부정한 시간 속에 머물고 있다. 그때 읽은 시(詩)처럼 살지 않겠다던 다짐은 허튼 다짐으로 끝났고, 시 속의 그들과 별로 다를 것도 없이 황혼에 이른 우리 부부의 시간은 닳고 닳은 신발처럼 마냥 헐겁다.

무심하게 스쳐 보낼 뻔한 엄마의 시간을 빛바랜 가족사진 속에서 발견했듯이, 나이가 들어서야 앞서간 세월의 참모습이 보이기 시작하는 것 같다. 그게 시간이 주는 힘인가 보다. 젊어서는 못 보던 소중한 것들을 뒤늦게 알아차리게 되는 눈뜸의 시간, 그 시간 앞에 내가, 그리고 우리가 있다.

황로사

rosahwang61@gmail.com

우리들 세계
특별한 인연
바람맞은 여자
내 안의 재스퍼

우리들 세계

지난 유월, 토론토 한국영화제(TORONTO KOREAN FILM FESTIVAL)가 열렸다. 일주일간 열리는 영화제의 개막 작품으로 '우리들 세계(WORLD OF US)'라는 영화를 관객들에게 제공해 주었다.

영화는 초등학교 체육 시간에 피구를 하는 장면에서 시작된다. 주인공 선이는 금을 밟았다는 이유로 공은 만져 보지도 못한 채, 밖으로 퇴출당한다. 밖에서도 선 안의 있는 아이들을 맞추는 경기이지만 아무도 선이에게는 공을 던질 기회를 주지 않고 따돌린다. 투명인간처럼 존재감 없이 서 있을 수밖에 없다. 말하자면 왕따인 것이다.

여름 방학이 되어 세 살배기 동생밖에는 놀 사람이 없는 선이는 우연히 낯선 얼굴 지아를 만나게 된다. 새로 이웃에 이사 온 지아와 방학 내내 집을 오가며 친구가 생겼다는 기쁨을 누린다. 개학날 지아는 선이의 반에 전학생으로 소개가 된다. 그러자 아이들은 선이를 지아로부터 다시 따돌리고 지아 역시 선이에게서 등을 돌리고 그들에게 합류한다. 줄곧 착한 아이의 모습으로 당하기만 하던 선이는 배신감을 톡톡히 느끼게 했던 지아를 아이들 앞에서 공개적으로 모욕을 주는 일이 생긴다. 지아 할머니가 선이 엄마에게 집안 이야기를 하는 걸 엿듣고 알게 된 지아네 가족 관계의 비밀을 아이들 앞에서 터뜨리고 만다. 그 장면에서 영화는 절정에 이른다.'

영화의 마지막 장면은 또다시 피구를 하는 장면이다. 그 일이 있은 후, 지아 역시 따돌림을 받아 금을 밟았다는 이유로 퇴출당할 때 선이는 어른도 하기 어려운 대단한 용기를 낸다. '지아, 금 안 밟았어. 내가 봤어'라며 편을 들어준다. 선이와 지아는 아무도 공을 던질 기회를 주지 않는 왕따의 자리에 나란히 서있다. 눈이 마주친다. 그 어색한 눈빛은 소리 없이 뭔가를 서로에게 말하고 있었다.

Y라는 삼십 대의 젊은 여 감독은 가족보다 친구가 더 좋은 열한 살 소녀의 복잡한 인간관계로 인한 고민을 집요하게 따라가며 아이들의 세계를 세밀하게 그려내고 있었다. 그런데 이것이 곧 그들만의 이야기일까. 작가는 왜 제목을 '아이들의 세계'라고 하지 않고 '우리들 세계'라고 했을까. 유년기의 눈으로 볼 때 어른의 세계로 보였던 삼십 대가 되고 보니 역시 그 시절에서 벗어나지 못하고 있음을 느꼈던 것은 아닐까.

영화가 끝나고 불이 켜졌을 때, 여기저기서 소곤거리는 소리가 들려왔다. '똑같아. 아이들 세계나 어른들 세계나. 다를 게 없어…' 나뿐만 아니라 관객 거의 모두가 직접적이든 간접적이든 경험했던 과정을 돌이켜보며 공감을 하고 있는 것 같았다.

어른이 된다는 것 무엇일까. 나 자신을 어리다고 생각했던 이십 대에는 삼십 대가 되면 어른이 되는 줄 알았고, 아직 어른스럽지 않다는 것을 깨달았던 삼십 대에는 사십 대가 되면 충분히 성숙해져 있을 줄로 알았다. 백세시대의 한 가운데에 서 있는 지금도 여전히 그때와 별반 다르지 않은 것을 보면 나이의 숫자가 인간의 성숙도를 말하는 것 같지는 않다.

오래 전 김남조 시인을 초청한 강연을 들었다. 무대로 등장한 김 시인에게 사회자가 '이제 팔십이 되셨는데 소감 한마디 해주시겠어요?'라고 물었다. 학생 때 보았던 것처럼 여전히 우아한 모습의 김 시인은 "저도 팔십이 된 것이 처음이라서 어떻게 처신해야 하는지 모르겠어요."라고 재치 있게 대답했다.

'처음이라서' 이 말이 내 가슴속에서 메아리처럼 겹겹이 울렸다. 삶이라는 긴 밧줄은 처음이라는 순간들이 이어져서 엮어지는 것이 아닐까. 아이의 때, 아내의 때, 엄마의 때를 불어오는 바람처럼 맞았고, 연습할 수 없이 겪을 수밖에 없기에 돌아보면 실수와 후회로 얼룩져 있을 뿐 능숙하게 해낸 자국은 없는 듯하다. 조금 익숙해질 즈음이면 다른 '때'를 맞아야 하는 것이 인생길이라서 뒤를 돌아다 볼 때마다 늘 아쉬움이 남는 모양이다.

영화를 보고 조금은 답답한 느낌으로 돌아오는데, 뿌옇던 마음을 달래주듯 맑은 한줄기 시냇물이 시원하게 획을 그었다. 몇몇 인생의 선배들이 떠올랐기 때문이다. 멀찍이 바라보며 '저만큼만 살면 성공한 삶이야'라고 되뇌게 하던 분들이다. 나이가 들수록 품위를 더하며 은은한 향기가 드러나는 모습이 늘 보기 좋았다. 무슨 고민이 있으면 찾아가고 싶은 생각이 드는, 어떤 상황에도 절제하는 모습으로 중심을 지키는, 내가 어떤 말을 해도 말의 종착역이 되어줄 것 같은 그런 분들이 나와 한 시대를 같이 살아가는 것만으로도 위로가 된다.

나도 '저만큼만 살면'이란 꼬리표가 내 이름 뒤에 붙으려면 어떤 모습으로 살아가야 할지… 생각 좀 해봐야겠다.

특별한 인연

이렇게 지내도 괜찮은 건지 모르겠다. 어려운 관계라고들 하는데 여느 친구보다도 가깝게 느껴져 좋은 것이나 맛있는 것이 있으면 사돈 생각부터 나니 말이다. 몇 십 년을 사귄 친구보다 안사돈에게 더 마음이 가는 것은 인연에 대해 갖고 있는 나의 일방적인 애착 때문일 것이다.

삼십여 년 전, 내가 결혼한 지 한 해가 지난날 아침이었다. 남편을 출근시키고 들어왔는데 가슴 밑바닥에서부터 감동의 조각들이 비눗방울같이 송골송골 올라오고 있었다. 남편을 만남으로 인해서 파생된 시댁 식구들과의 관계가 신비스럽다는 생각이 들었기 때문이다. '아버님, 어머님, 아가씨…' 별 생각 없이 부르던 호칭이었다. 피 한 방울 안 섞인 사람들을 평생 그렇게 부른다는 것, 부르는 것에 그치는 것이 아니라 그 관계를 지속시키면서 살아가는 것은 보통 인연이 아니라는 생각이 마음 한 가운데 부표처럼 떠올랐다. 길을 가다가 지나쳐도 전혀 알 수 없던 사람들이 남편 한 사람을 만남으로 인해서 '한 가족'이라는 이름으로 같은 울타리

안에 있다는 것이 신기하면서도 포근했다.

식탁에 앉아 마음이 불러주는 대로 시어머니에게 편지를 써 내려갔다. 봉투 겉면에 쓴 '어머님 귀하' 라는 말이 어색했지만, 조금 망설이다가 우체통에 넣었다. 며칠 후, 발신인이 막내며느리 이름으로 되어 있는 편지를 우편함에서 발견하고는 무슨 일이 있는 줄 알고 깜짝 놀랐다는 어머니는 편지를 읽고 나서 즉시 전화를 하셨다. 내 마음이 어머니에게 그대로 전해졌던 모양이다. 전화선을 통해 들려오는 목소리는 약간 떨리는 것 같았다. "이 편지, 평생 간직할게. 아가야…"그 당시 시댁 식구와의 인연에 대해 느꼈던 감동은 가슴 속에서 잔잔한 파문을 일으키며 그 관계를 단단하게 엮어 주었다.

한 달 전, 또 하나의 귀중한 인연을 맺게 되었다. 딸아이의 남자친구는 칠 년 동안의 연애 끝에 나의 사위가 되었다. 웨딩마치를 하기 전까지는 누구도 장담할 수 없는 것이 결혼성사라고 여겨져 어느 정도 선을 그으며 조심스럽게 대해 왔었다. 예단 문제로 사돈 간에 갈등이 생기기도 하고, 결혼 준비 과정에서 당사자들의 의견이 맞지 않아 결혼 날짜를 잡아놓고도 결렬되는 경우를 몇 번 보았기 때문이다.

아이들의 혼사가 거의 정해질 무렵, 일식집에서 만난 안사돈이 말하기 시작했다. "나는 사돈이라고 해서 어렵게 지내고 싶지 않아요. 어느 누구보다도 귀하고 좋은 인연 아니겠어요? 우리는 아이들이 잘 살아가도록 바라보고 지켜주는 공통점을 가졌잖아요. 정말 가족같이 지내고 싶은 게 제 마음이에요…." 내가 평소에 그렇게 생각하고 있었는데 그것을 사돈이 말하고 있으니, 마음에 맞는 벗을 만난 것처럼 친밀함이 스며들었다.

혈연관계가 내 의지와 상관없이 신이 운명으로 정해준 것이라면, 사람의 선택으로 인해 가족 관계가 새롭게 연결되는 결혼은 인간 사회에서 가장 신비로운 제도가 아닌가 싶다. 시댁의 '시'자나 영어로 표기되는 'in law'는 결코 가까워질 수 없는 관계의 거리를 나타내는 듯하다. 그러나 평생을 어머니, 아들이라고 부르는 사이가 어떻게 '법적'이라는 딱딱하고 몰인정하게 느껴지는 단어로 표현될 수가 있겠는가.

아이들의 신혼집은 차로 이십 분이나 가는 거리인데 비해, 사돈집은 걸어서 일 분 거리이다. 서로 강아지를 키우는 처지라서 강아지 산책을 핑계로 일주일에 한두 번은 안사돈과 데이트를 한다. 멀리서도 알아보고 동네가 떠나가도록 짖으며 달려오는 걸 보면, 강아지들도 저희가 특별한 관계라는 것을 아는 모양이다. 이제 겨우 한 달밖에 안 된 풋내기 사돈들은 어려운 사이라는 것도 잊은 채, 동네 아줌마가 되어 중간지점에 놓여 있는 바윗돌에 앉아 두런두런 이야기를 나누다가 헤어지곤 한다.

주위에 가까이 지내는 사람들 몇은 우려의 말을 한다. 사돈 간은 멀리 지내는 것이 좋다는 속담도 있지 않으냐며 진심 어린 조언을 조심스럽게 한다. 나 또한 모르는 바는 아니지만, 이만한 인연이 어디 또 있겠나 싶다. 가장 사랑하는 자식들이 하나의 가정을 이루어 살고, 거기서 새 생명이 태어나면 그 기쁨을 같이 누리는 관계를 무슨 말로 형용할 수가 있을까. 호감과 예의를 버무리며 지내다 보면 '사돈'이라는 거리감을 품고 있는 단어는 '우리'라는 친근한 관계로 숙성될 것 같은 예감이 든다.

딸과 사위는 두 가정을 연결하는 통로에 새 보금자리를 틀었다. 그들의 아들이 우리의 자식이 되고, 우리의 딸이 그들의 자식이 된 사돈과의 특별한 인연이 그 둥지 곁에서 여물고 있다.

바람맞은 여자

그의 이모와 나의 이모는 친구다. 그래서 우리는 만나게 되었다. 설날을 이틀 앞둔 세밑, 은은한 전등 빛이 비추던 레스토랑에서 본 그의 인상은 내가 좋아하는 스타일은 아니었으나 나쁘지는 않았다. 두 집안에 공개된 만남이라 서로 조심스럽게 예우를 갖추며 어색한 시간을 보내고는 설 다음 날 만나기로 하고 헤어졌다.

눈 내리는 종로통의 세찬 골바람을 뚫고 들어선 커피점은 연휴 끝이라 그런지 낙엽을 모두 떨궈 낸 겨울나무마냥 한산해서 저쪽 끝까지 한눈에 들어왔다. 그런데 기다리고 있을 줄 알았던 그가 없었다. 1분이 5분이 되고, 또 10분이 길게 지나가도 그는 나타나지 않았다. 상해져 버린 자존심은 나를 그곳에서 밀어냈다. 겨울바람이 등을 떠미는 대로 터덜터덜 걸었다. 자존심은 서서히 걱정으로 변하고 있었다. 가족들이 모두 궁금해 할 텐데 집에 가서 뭐라고 해야 하나… 발걸음이 극장 앞에 멈추어 섰다. 일단 그를 만난 것처럼 시간을 때우기로 했다.

영화관은 인산인해였다. 코믹영화 '고스트 버스트'는 연일 신기록을 세우며 사람들을 끌어 모으고 있었다. 가족 단위로, 연인 사이로 앉아있는 틈새에 혼자 앉아 있는 내 모습은 초라하기 짝이 없었다. 박장대소가 터져 나오는 장면을 보면서도 나는 한숨만 쉬고 있었다.

만남을 가장한 시간을 보내고 집에 왔을 때, 문을 열어주는 오빠는 장난기를 머금은 눈으로 쳐다보며 말했다. "너, 바람맞았지? 연초부터 꼴좋네." 멍하니 서 있는 내게 말을 연이었다. "그 사람 전화했더라. 12시 약속인데 2시인 줄 알고 있다가, 뒤늦게 퍼뜩 생각이 났대. 미안해서 어떡하냐며 전화해 달란다."

그것은 나를 구원해주는 종소리였다. 나쁘지 않았던 그의 첫인상은 설렘으로 변했고, 그 설렘은 만남을 이어가게 했다. 양가의 후원이라는 날개를 달고 얼마 지나지 않아 결혼을 약속하게 되었다. 그쪽 집안에서는 새 식구를 맞이하는 기념으로 온 가족이 영화를 보러 가자고 했다. 바로 그 영화였다. 안 본 척 따라나서서 새 가족 사이에 앉아 이번에는 마음껏 웃으며 볼 수 있었다. 그 웃음이 한 달 후에 있을 결혼 이후에는 물론, 아니 영원히 계속될 줄 알았다.

결혼은 곧 파랑새를 잡는 것이라고 생각했고, 나에게 그 파랑새는 곧 일생을 걸고 선택한 그 남자였다. 그러나 파랑새란 실재하지 않는 전설의 새라는 사실을 깨닫는 데에는 그리 오랜 시간이 걸리지 않았다. 어느덧 그것은 자취도 없이 날아가 버리고, 나만을 위해서 살아줄 것 같았던 남편은 낯선 청개구리의 모습으로 변신해 있었다. 풀 먹인 이불 홑청을 마주 잡고 팍팍 자기 쪽으로 잡아당기는 모습처럼 우리는 팽팽하게 파워게임을 하는 적이 많았다. 그러나 타고난 성격은 서로에게 흡수될 수 없다는 허무함만 남긴 채 그 게임은 매번 승자도 패배자도 없이 끝나버렸다. 과연 결혼은 공중에 떠 있는 이상이 아니라 서로의 필요에 의해서 선택한 사람과 땅을 밟고 살아가는 현실의 연장일 뿐이다. 그것을 진리처럼 마음에 꾹꾹 눌러 담고 살다 보니 안정감이 선물처럼 주어졌다. 수십 가닥으로 단단히 엮어져 감전될 것 같았던 사랑의 전깃줄은 삼십 년이라는 세월의 더께를 입고 정과 연민의 모습으로 탈바꿈한 채 느슨하게 엮어져 있는 듯하다.

상대방이 약속을 안 지켜서 헛걸음한 것을 왜 '바람맞았다'고 표현하는지, 나는 그 뜻은 알지 못한다. 그러나 셀 수 없을 만큼 다양한 종류의 바람을 맞으며 짧지 않은 세월을 보냈다. 그때 종로통에서 맞았던 겨울바람보다도 더 마음을 메마르게 했던 높새바람도, 예기치 않게 삶을 뒤흔들었던 칼바람도, 때로는 살맛나게 해주었던 명주바람도 나를 스쳐 지나갔다.

최근에 박범신의 '소금'이라는 책을 읽었다. 등이 휘도록 일을 해도 가족에게는 돈 버는 기계 취급밖에 여겨지지 못하는 아버지가 나온다. 그는 자신에게 빨대를 꽂고 있는 가족에게서 탈출해 서로 의지하지 않고는 살아갈 수 없는 불쌍한 사람들과 가족을 만들어 살아간다. 피 한 방울 섞이지 않았으나 그들은 고마운 것을 고맙다고 인정해줄 줄 아는 사람들이다. 비현실적인 이야기 속에 현실적인 모습들이 비춰져 있다.

가족의 의미를 생각한다. 결혼의 순간부터 이인일조가 되어 한 발을 묶고 결승점으로 달려가는 게임을 하는 것처럼 한 방향을 바라보고 가는 관계, 거기서 가족은 시작된다. 넘어지면 혼자 일어날 때까지 기다리거나, 일으켜 세워주지 않으면 나도 갈 수가 없다. 시간도 공간도 포갠 채 살아가는 유일한 공동체다. 평생 한 발이 묶인 채로 가야 하니 숨이 막히지만 알고 보면 하늘이 내려준 것 같이 기가 막힌 인연이다.

이제 또다시 계절이 한 바퀴 돌아봄을 기다리는 길목에 있다. 마당이 없는 타운하우스로 이사를 한 탓에 올봄엔 화분에 꽃씨를 심어볼 참이다. 움튼 싹도 햇빛과 바람을 맞으며 꽃을 피워낼 것이다. 가족이라는 울타리가 그것을 감싸 안고 있다.

내 안의 재스퍼

지인으로부터 저녁 식사를 같이 하자는 연락을 받았다. 초대하면서 보낸 카톡 속에는 '우리 집이 얼마나 작은지 보여주고 싶다.'는 재치 있는 겸손이 담겨 있었다. 그녀는 단독 주택에 오랫동안 살다가 최근에 작은 콘도를 사서 규모를 대폭으로 줄이는 이사를 했다. 신혼집처럼 필요한 것만 가지고 산다고 하더니 들어서자마자 반기는 것은 깔끔함의 향내였다. 마치 복잡한 빌딩 숲에 살다가 자연의 공간에 들어와 맑은 공기를 마시는 것처럼 새뜻한 느낌이 들었다.

나 역시도 몇 년 전에 그런 이사를 했다. 십 년이 넘는 세월을 살았던 집에서 반쪽 크기의 타운하우스로 이사 가는 것을 결정했을 때, 부동산 중개인은 최대한으로 짐을 줄여서 호텔처럼 꾸며 놓아야 집이 잘 팔릴 거라고 했다. 그 과정은 묵은 살림살이를 끝도 없이 정리해야 하는 작업을 필요로 했다. 구석구석 밀어 놓았던 물건들이 일 순위의 정리대상이 되어 차고 안으로 들어갔다. 그다음은 쓰고 있는 물건 중에서 단계적으로 차출된 것들이 차고를 채웠다.

가구들을 정돈하고 페인트를 새로 칠하고 나니, 완전히 다른 모습으로 변신한 덕분에 집은 예상보다 빠른 시일 안에 팔렸다. 두 달 정도 남은 계약일까지 살림살이를 처리해야 하는 것이 적지 않은 부담으로 남았다. 쓰던 물건들을 없앤다는 것은 마음까지도 비워야 한다는 점에서 그리 쉬운 일이 아니었다. 추억이 묻어있는 것을 남에게 넘겨줄 때는 손끝이 파르르 떨리기도 했다. 바자회를 한다는 교회에서 차고 안에 쌓아두었던 물품을 모조리 싣고 갈 때, 트럭의 뒷모습을 보며 나의 삶의 한 부분도 같이 실려가는 것처럼 가슴 한편이 뻥 뚫렸다. 아쉬움의 자리를 대신 메워준 것은 새로운 생활에 대한 기대감이었다.

공간이 축소된 것이 이유였지만, 필요한 것만 가지고 사는 것은 목욕하고 나온 것처럼 개운함과 상큼함을 맛보게 해주었다. 정리를 마치고 집을 둘러보았을 때 만족감이 나를 채웠다. 나이가 들어서는 잉여의 공간 없이 내 손끝이 세세하게 미치는 작은 집에 사는 것이, 할 일이 많은 큰 집에 사는 것보다 좋은 점이 더 많다고 누구에게라도 말해주고 싶었다.

몇 년 전에 재스퍼라는 도시에 여행을 간 적이 있다. 눈이 채 녹지 않은 계절에 가서인지, 설산으로 둘러싸인 그곳은 에메랄드 빛 호수들과 더불어 동화 속에나 나올 것 같은 모습이었다. 중심가를 걸어서 둘러보는 데는 반나절이면 충분했다. 해발 2300m 높이에서 재스퍼를 내려다볼 수 있는 SKY TRAM이라는 곤돌라를 탔다. 산꼭대기를 향해 급경사를 올라갈수록 재스퍼는 급속도로 작아지기 시작했다. 낮에 돌아다니며 보았던 장소들이 손바닥 반만 한 크기로 줄어들어 그 안에 옹기종기 모여 있었다. 기차역, 우체국, 학교도 하나씩만 있고 슈퍼마켓 두어 개와 관광객을 위한 음식점, 선물 가게 몇 개가 고작인 도시. 관광객을 끄는 요란한 모습의 다른 관광지들과는 달리 경쟁하는 것은 조금도 느껴지지 않는 맑은 거울 같은 모습이었다. 저 정도만 갖추고 있어도 도시의 기능이 이루어지는구나… 싶었다. 기회가 되면 잠시 들르는 관광지가 아니라 거주하고 싶은 곳으로 내 마음을 사로잡았다.

지인이 차려준 음식을 대접받다가 열린 냉장고를 우연히 보게 되었다. 깔끔하게 정리된 집만큼이나 냉장고 안도 말끔했다. 순간 동글동글하게 묶은 비닐봉지로 꽉 차 있는 우리 집 냉동고가 머릿속을 훑고 지나갔다. 제 때에 버리지 못하는 게으름과 있는지도 모르고 또 사들이는 건망증, 언젠가는 또 쓸 것 같아 처박아 놓는 욕심이 더께를 만들고 있었는데도 무감각해져 있었던 것이다.

겨울을 보낸 길목에서 새봄을 기다리는 마음으로 요즈음 조금씩 집안을 정리하고 있다. 비워지는 공간이 늘어날수록 마음이 여유로워지는 것을 보니 그들은 서로 비례하는 관계인 모양이다. 생활하기에 불편하지 않을 정도만 가지고 살 것을 다시 한 번 다짐한다.

국립공원 안에 있는 재스퍼에 살려면 제한이 많다고 한다. 땅을 나라로부터 빌리는 조건으로 집을 지어야 하고, 집의 색깔도 자기가 마음대로 정할 수 없으며 도시계획에 따라야 한다고 한다. 재스퍼가 그렇게 맑은 느낌을 주는 도시가 되었던 데에는 자기만의 고집이나 욕심을 비워야만 했던 속사정이 있었던 것이다.

재스퍼에 끌리는 것은 내가 살고 싶은 모습을 비추고 있어서일 게다. 삶도 단순하고 투명했으면 하는 바람이 늘 마음 깊숙한 곳에 놓여있다. 내 속에 간직하고 있는 재스퍼를 거울처럼 닦는다. 그리고 맨 윗자리에 다시 올려놓는다.

구상회

wkooh@rogers.com

미수(米壽)
다이아몬드 반지 원치 않아요
심장(心臟)
쫓겨남

미수(米壽)

올해로 우리식 나이로 88세, 그러니까 미수이다. 80세 되던 해에 가족과 큰 잔치를 치른 것이 어저께 같은데, 벌써 7년이 지난 것이 믿기지 않는다. 올해 생일은 아내와 아들하고만 조용하게 지냈다. 남몰래 생일을 보낸다 하여도 나이 한 살을 더 먹는 것을 감출 수는 없지만….

나는 늙어가는 것을 자랑하지도 않고 안타까워하지도 않으려고 마음먹고 있다. 그러나 살아갈 날이 많이 남지 않았다는 생각이 무의식적으로 나의 행동을 지배하고 있다는 것을 나 자신에게 숨길 수 없다. 예를 들면, 장편소설을 사는 것을 주저하게 된다. 콘도로 이사 올 때 여러 상자의 책을 버리고 왔지만, 아직도 책장은 영어책 한글책으로 가득 차 있다. 오래전에 구입한 리오 톨스토이의 〈전쟁과 평화〉가 눈에 띈다. 여러 번 통독한다고 읽기 시작했으나, 끝내지 못했다. 그런데 근년에 와서는 눈이 어두워져서 작은 글자로 빽빽하게 찬 페이지는 읽기가 힘들다. 그러면 글자를 확대할 수 있는 전자책을 사면 되지 않을까? 가격도 싸고 저장할 곳을 걱정할 필요도 없다. 아마존 회사 '구매'란에 클릭하려는 순간 내 나이 생각이 머리에 떠올랐다. "이같이 두툼한 책을 내 생전에 완독하겠는가?" 하고….

나와는 달리 아내는 애완동물을 아주 좋아하여 집에는 개나 고양이가 항상 우리와 같이 살고 있었다. 수개월 전, 오래 키운 고양이가 18세 고령으로 죽었다. 고양이가 죽기 전에는 그 고양이가 우리 집의 마지막 애완동물이라고 아내와 약속하였다. 지금 새끼를 사면 우리 둘이 세상을 떠난 후까지 살 테니까 동물 고아를 만드는 것이고, 그것은 동물 학대이고 몰인정하다는 것이 나의 논리였다. 이런 논리는 수년 전까지는 머리에 떠오르지도 않았다. 그런데 고양이가 죽은 다음 아내가 가족이 죽은 것처럼 슬퍼하고 눈물을 흘리는 것을 더는 볼 수 없어서, 다시는 애완동물을 우리 집에서 키우지 않겠다고 한 다짐을 바꾸고 고양이 새끼 한 마리를 사주어 키우고 있다. 우리가 죽으면 고양이는 아들이 데려다 잘 돌봐주겠다는 약속을 받고 나서.

수년 전 독채 집을 정리하고 작은 콘도를 구할 때 부동산 중개인에게 우리가 필요한 집의 조건을 이렇게 말했다. "자동차 운전을 못 하게 될 때 대중교통을 이용하기 편리한 곳, 장애인이 되었을 때 보행기나 휠체어가 들어가기 쉬운 방, 부부 중 한 사람이 세상을 떠났을 때 남은 사람이 이사하지 않고 쉽게 관리할 수 있는 곳."

몇 해를 더 사느냐를 예측하는 데 가장 도움이 되는 지표는 부모 형제가 몇 살까지 살았느냐 하는 가족력이라 한다. 올해로 나는 선친보다 2년을 더 살았고, 형님보다 10년은 더 살았다. 어머니는 올해 내 나이보다 8년을 더 사셨지만, 내 나이에 벌써 치매 증상이 나타났었다. 나는 가족 기대수명 수준을 이미 넘었으니, 해마다 생일을 갖는 것은 보너스인 셈이다.

〈전쟁과 평화〉 마지막에 읽다 접어놓은 페이지를 열고 잠시 읽다가 책장에 다시 꽂아 놓았다. 언제 다시 읽으려나? 미국 작가 노라 에프론(Nora Ephron)이 쓴 글에 이런 대화가 나온다. "나는 새 책을 사면 항상 마지막 페이지부터 읽습니다. 내가 혹시 다 읽지 못하고 죽었을 때 이야기가 어떻게 끝났는지 알 수 있게…." 이 이야기가 우스갯소리로 들리지 않는다. 마지막 페이지를 읽어야 할 수십 권의 책이 나를 빤히 바라보고 있다.

아직도 책을 읽을 욕심이 남아 있다는 것은 나의 두뇌가 완전히 말라서 굳어지지는 않았다는 증거인가. 1982년 노벨 문학상 수상자인 가브리엘 가르시아 마르께스는 "늙어서 꿈을 잊어버리는 것이 아니라 꿈을 잊어버리기 때문에 늙는다는 것입니다."라고 말했다. 배움의 즐거움을 잃는 사람은 노쇠한 사람이란 말이기도 하다.

미수를 맞아 작은 결심을 하여 본다. '하루에 새 지식 한 가지라도 배웠으면 자축하겠다. - 새 단어 하나, 새 맞춤법 한 가지, 몰랐던 단순한 삶의 지혜 한 토막이라도.'

다이아몬드 반지 원치 않아요

미시간주에 사는 큰딸 낸시(Nancy)가 7시간 차를 몰아 토론토에 사는 우리 부부를 보러 왔다. 낸시는 자녀가 성인이 되어 집을 나가 살게 된 다음부터 시간 여유가 생겨서 자주 우리를 보러 온다고 말하지만, 그보다 우리 부부가 연로해가니 별고 없나 눈으로 보고 확인하려는 노파심이 더 큰 이유인 듯하다. 내 또래였던 그의 시아버지가 최근 갑자기 세상을 떠난 것도 이번 방문의 한 동기가 되었는지 모른다. 이런저런 이야기를 나누다가, "우리 부부가 양로원에 들어가거나 세상을 떠났을 때 집에 남겨질 물건들을 두 딸과 아들 사이에 누가 가져갈 것인가?"라는 얘기가 나왔다.

수년 전에 유서를 작성하여 재산 분배, 주택 상속 등에 관해서는 명백히 밝혀 놓았다. 그런데 우리의 소유물을 누가 갖느냐 하는 것은 명시하지 않았다. 우리가 가지고 있는 물건들이 큰 값이 나갈 만한 것이 없다고 생각하였기 때문이다. 그러나 부모의 소유물 중 대수롭지 않은 물건을 가지고 자식들 사이에 불화가 생기곤 한다는 이야기를 들은 적이 있다.

아내가 가지고 있는 물건 중 가장 값나갈 만한 물건은 다이아몬드 반지다. 상속 우선권은 큰딸에 있다고 생각해서인지 아내가 낸시에게 말했다. "내가 가면 다이아몬드 반지는 네가 가져라." 이 반지는 약혼반지도 결혼반지도 아니다. 우리가 결혼한 즈음은 한국전쟁이 막 끝났을 때여서 끼니를 제대로 먹을 수 있으면 잘 사는 것으로 여기던 때였다. 우리 부모님이나 내가 다이아몬드 반지를 신부에게 선물한다는 것은 상상도 할 수 없었다. 결혼 후 곧 미국으로 와서 둘 다 인턴 생활을 할 때는 월급을 100달러씩 받던 형편이라 반지 이야기는 입 밖에 내지도 못했다. 다음 해 전문의 레지던트가 되니, 월급이 200달러 정도로 올랐다. 어느 날 아내는 농담인지 진담인지 알 수 없는 말을 했다.

"반지가 없으니까 미혼녀인 줄 알고 데이트하자는 남자가 있어요." 반지를 사달라고 하는 말을 이렇게 꾸며서 이야기하였는지는 지금도 모른다. 그래서 참깨 씨보다는 크고 찹쌀 알보다는 작은 다이아몬드가 박힌 반지를 둘의 월급 일부에서 선불로 주고 나머지는 월부로 샀다. 이 반지를 끼고 금혼식을 맞았다. 그동안 세 아이는 성인이 되었고, 우리 부부도 전문의로 캐나다 사회에서 일해 왔다. 나는 결혼 50주년 기념으로 티파니 보석점에서 팥알 크기만 한 다이아몬드 반지를 아내에게 선물했다. 아내는 바로 이 반지를 낸시에게 대물림하겠다는 것이다.

큰딸은 냉큼 대답했다. "난 다이아몬드 반지 원치 않아요." 다이아몬드 반지를 끼고 직장에 나갈 수도 없고, 끼고 싶지도 않다는 얘기였다. 큰딸은 사회복지사로 30년째 일하고 있다. 딸이 상대하는 고객은 생활이 어려운 노인들이다. 그들 앞에서 번쩍번쩍 광이 나는 다이아몬드 반지를 과시할 수는 없지 않겠나 싶었다.

아내는 이어서 말했다. "반지를 갖지 않으려면 식당의 유리 장식장과 그 안에 있는 도자기 세트를 가질래?" 이것들은 우리의 생활에 여유가 생기고 직장 관계, 사회생활 관계로 파티를 할 때 필요해 장만한 고급스러운 마호가니 가구이고, 로열 덜톤(Royal Doulton) 도자기 세트이다. 깨지기 쉬운 만찬용 풍이라 파티할 때만 써서 아직도 새것이나 다름없다. 낸시의 대답은 전과 비슷하였다. "이런 고급스러운 가구와 식기는 우리 집에는 맞지 않아요." 그 애의 남편은 미시간 주립 대학교수다. 딸은 제 밥벌이를 하고 있으니 생활의 여유가 있지만, 결혼 후 처음 산 작은 방갈로에서 아직도 살고 있다. 그런 집에 고급스러운 가구나 식기가 어울리지 않는다는 것은 이해할 수 있었다. 이리하여 우리가 죽은 다음 가구와 식기를 대물림하려는 시도는 완전히 실패로 돌아갔다.

최근 뉴욕타임스에 이런 제목의 기사가 있었다. "많은 것을 가진 늙은 부모와 그것을 원치 않는 자식들(Aging Parents With Lots of Stuff, and Children Who Don't Want it). 구시대에 태어나 살아온 늙은 부모들이 소중히 여기고 애지중지하는 물건들을 새 시대의 자녀들은 갖기를 원치 않는다는 이야기다. 늙은 부모들은 가산집물(家産什物)은 생전에 쓰고, 죽으면 다음 세대로 넘겨주는 것으로 생각하고 있다. 그러나 자식들은 물건은 일시적인 것이어서 꼭 필요한 물건만 사고, 새것이 나오면 헌것은 버리고 새것을 아마존 등 온라인 상점이나 이케아 같은 가구점에서 사다 쓰면 된다고 생각한다. 또한, 미와 가치에 대한 관념의 차이도 있다. 부모들 세대에는 비싸고 화려한 것은 좋은 물건이라고 생각했다. 21세기에 들어와서는 비싸고 복잡한 것은 좋은 것이 아니고, 최소한의 요소로 최대의 효과를 올리는 것이 좋은 것이라는 최소주의(minimalism)가 인기를 얻고 있다.

마지막으로 낸시에게 물었다. "그럼 너는 엄마 아빠가 갖고 있는 물건 중 갖고 싶은 것이 하나도 없니?"

"갖고 싶은 것은 옛 추억이 들어 있는 사진 앨범. 그것 뿐…."

심장(心臟)

"부정맥(不整脈 Arrhythmia)이 더 심해졌습니다." 심전도를 한참 쳐다보던 의사는 걱정스러운 어조로 말했다. 한 달 전에 심장 전문의 진찰실에서 있었던 이야기다. 부정맥이 있다는 진단을 받은 지는 수년이 되지만, 아직은 큰 걱정은 하지 않아도 된다고 알고 있었다. "심방세동(atrial fibrillation)이 가끔 있어서, 그 합병증인 중풍을 방지하기 위해서는 혈액 희석제(anticoagulant)를 처방해야 하겠습니다. 그리고 서맥(徐脈)이 있어서 심장이 일 분에 30~40번밖에 뛰지 않는 일이 가끔 일어나니, 심장박동 조율기(pacemaker)도 넣어야겠습니다."(보통 심장박동은 1분에 60~100회) 뒤통수를 한 대 얻어맞은 것 같았다. 드디어 올 것이 왔구나 하는 생각이 들었다.

고혈압은 40세부터 있어서 혈압약을 40년간 먹고 있었으나, 여러 해 동안 혈압이 잘 조절되고 있어 걱정하지 않고 지내왔다. 그런데 해가 가면서 신장(腎臟) 기능이 악화하고 있다는 것을 알게 되었고, 투석(透析)이 필요한 직전 단계에 있다. 나의 만성 신부전(慢性腎不全)이 고혈압의 합병증인지 별도의 문제인지는 전문의도 확실한 답을 못하고 있다. 만성 신부전은 몹시 악화될 때까지는 증상이 없는 것이 보통이라 나도 정상인과 같이 활동하고 있었다. 단, 만성 신부전증이 있는 사람은 심장병이 합병증으로 올 수 있다 하여 심장전문의를 수년 전에 만나보고 부정맥이 있다는 것을 알게 되었다.

몇 해 전까지도 혈액 희석제나 심박 조율기가 있어야 하는 사람들은 인생의 끝판에 달한 사람이라고 생각했었다. 그러나 의학이 발전한 현재는 이런 치료를 받는 사람도 건강한 생활을 할 수 있다는 것은 알고 있다. 이러한 치료가 생명의 은인이 될 수 있기는 하나 혈액희석제 때문에 별것 아닌 상처가 큰 출혈을 일으킬 수 있고, 위험한 위장(胃臟) 출혈, 뇌(腦) 출혈 등이 올 수 있다는 것도 알고 있다. 또 삶의 원동력인 심장 박동이 심박 조율기 배터리에 의존하며 살아야 한다는 불안감, 불쾌감을 떨쳐버릴 수가 없었다. 이러한 생각이 머리를 스치고 있는데, 의사는 말했다. "치료를 결정하기 전에 마지막으로 홀터 심전도(Holter moniter) 검사를 해보겠습니다."

그리하여 심전도를 72시간 동안 쟀다. 검사가 끝나고 열흘이 되었는데도 아무 연락이 없었다. 초조하여 의사 사무실에 전화했다. 비서는"의사 선생님께 말씀드리고 다시 연락하겠습니다." 하고는 이틀 후에야 답을 했다. "의사 선생님이 홀터 심전도 결과가 별로 나쁘지 않아 지금은 치료할 필요가 없으니 5개월 후에 다시 보시겠다 합니다." 전에 한 말과는 전혀 다른 이야기였다. 그러나 나는 앞에 받을 치료에 지레 겁부터 잔뜩 먹고 주눅이 들고 있는 터라 5개월 여유를 주겠다는 의사와 언쟁을 벌일 의도는 조금도 없었다. 집행유예를 받은 죄수처럼….

지난 한 달 동안 많은 생각을 하게 되었다. 의사가 혈액 희석제와 심장박동 조율기를 처방하겠다는 말을 듣고 왜 그리 당황하였을까? 왜 늙은 신체는 고장이 날 수 있고 기능이 불완전하다는 것을 당연하다고 받아들이지 못했을까? 심장을 포함한 인간의 몸은 자동차 부속품같이 OO년 품질 보증서를 받고 세상에 나오지 않았다는 사실을 모르지 않았을 텐데…. 살아갈 날이 많이 남아 있지 않다는 것을 잘 알고 있지 않은가. 왜 살아 있는 동안 무슨 일이 생기든지 담담히 받아들이는 지혜와 여유를 갖지 못했을까.

나이가 들어갈수록 어려운 일이 생길 때마다 그것을 차분히 받아들이는 지혜가 필요한 것 같다. 우선 나는 의식주 걱정을 할 필요가 전혀 없다. 내가 어렸을 때는 이와 같은 말을 할 수 없었다. 또 신체가 완전치 못한 것을 불평하기 전에 아직도 활동하는 신체 기능을 고마워하며 살아가야 하지 않을까.

어젯밤 2시간씩 잠에서 깨기는 하였지만 여섯 시간은 잘 수 있었고, 오늘 아침 일어났을 때 아픈 곳이 없어 지팡이나 보행기에 의지하지 않고도 곧게 서서 걸을 수 있었다. 식욕이 줄어 소식하고 있기는 하나 세 끼를 맛있게 먹고 제대로 소화하고 있다. 몇 해 전까지 10km를 60분에 거뜬히 달릴 수 있었으나, 지금은 60분을 계속 걸을 수 있으면 만족하게 생각하고 있다. 눈이 어두워졌고, 귀도 먹어가고 있으나, 돋보기안경을 쓰면 큰 글자는 볼 수 있고, 보청기를 끼면 큰 소리는 들을 수 있다. 기억력이 현저히 감퇴하여 가고 있기는 하나, 아직 치매 증상은 없다. 많은 사회 활동은 하지 않고 있으나 몇몇 모임에는 나가고 있고, 가까운 친구와는 인터넷으로 매일 안부를 묻고 있다.

아내도 건강이 그만하고, 자식 손주 여럿 가운데 큰 걱정을 끼치는 애는 없다. 그리고 캐나다에 사는 덕분에 몸이 불편하면 언제나 의사를 볼 수 있고, 치료비 걱정을 할 필요가 없다. 지난 5년 동안에 세 장기-전립선, 갑상샘, 피부-의 암 진단을 받고 치료를 받았으나, 세 가지 암이 다 악성이 아니고 암세포 전이(轉移)도 없어서 지금은 완치된 것으로 알고 있다. 암 치료비에 수만, 또는 수십만 달러가 들었을 텐데 내 주머니에서 나간 돈은 병원 주차비뿐이었다. 세계적으로 볼 때 구순(九旬)이 머지않은 내 또래에 이만한 신체와 정신 건강을 유지할 수 있는 사람은 축복받은 소수에 불과할 것이다.

5개월 후에 의사를 보고 다시 검사하면 어떠한 결과가 나올지, 또 언제 무슨 치료가 필요할지 모른다. 그러나 무슨 일이 있더라도 차분히 받아들일 수 있는 마음의 준비가 되어 있기를 스스로 다짐해 본다.

쫓겨남

구순(九旬)이 가까운 나이까지 살다 보니 인생의 쓴맛 단맛을 다 보았다. 지난날의 고생은 추억이 된다는 말이 있다. 그런데 즐거웠던 추억보다는 괴로웠던 추억이 기억에 더 생생하게 남아있는 것은 어찌하겠는가. 무엇보다 불쾌했던 추억은 집에서 쫓겨난 이변(異變)이었다.

처음 쫓겨난 것은 6·25사변이 일어난 해, 그러니까 내 나이 20세 때였다. 인민군이 서울을 처음 점령하였을 때 나는 피난을 못 가고 강북(江北)에 있었다. 의과 대학생이었던 나는 인민군에게 붙들리면 '의용군'의료원으로 강제 징발될 위험률이 확실하였다. 그리하여 집에서 쫓겨나다시피 도망치지 않을 수 없었다. 친척이 사는 시골에서 두 달을 숨어 있다가 맥아더 장군의 인천 상륙 작전으로 수복된 서울 집으로 돌아와 보니 집터에는 잿더미밖에 보이지 않았다.

두 번째 쫓겨난 것은 전쟁으로 파괴된 한국에서 온 나에게는 천당같이 보였던 미국에서 일어난 일이었다. 나는 군복무를 2년

하고 제대한 다음 의대를 졸업하고 서울에서 1년간의 인턴을 끝내고 미국으로 들어왔다. 떠나기 전 2개월 전에 결혼식을 올렸으나 신랑 신부가 눈코 뜰 새 없이 병원 근무에 바쁠 때여서 신혼여행도 제대로 못 했다. 내가 미국에 먼저 와서 아내의 인턴 자리를 구하여 6개월 후에 아내를 미국으로 데려왔다.

그런데 신접살림을 꾸미는 것은 만만치가 않았다. 나의 월급이 그 당시 100달러밖에 안 되었지만 독신 생활을 할 때는 문제가 없었다. 병원 식당에서 세 끼는 먹을 수 있었고 인턴 숙소에서 잠을 잘 수 있었기 때문이다. 그러나 병원에 부부가 쓸 수 있는 방은 없었다. 병원 근처의 셋방을 찾았으나 우리 봉급으로 감당할 수 있는 방은 없었다. 버스를 타고 40분 거리 통근을 해야 하는 곳에 있는 작은 방 하나를 찾아내었다. 벽에는 값싼 모조 그림 하나 없었고, 가구라고는 침대 외엔 싸구려 옷장 하나와 페인트를 하지 않은 책상과 의자뿐이었다. 이층에 있는 방이었고 복도에 있는 화장실을 사용해야 했다. 조국을 떠난 지 얼마 되지 않은 때여서 한국 음식, 특히 김치 금단증상(禁斷症狀)으로 고통 받고 있을 때였다. 병원 식당에서 치즈 냄새만 맡아도 구역질이 날 정도였다. 그러니 우리의 새 살림집에 김치라도 담글 수 있고 된장찌개라도 끓일 수 있는 작은 부엌이라도 있었으면 얼마나 좋았을까. 월세 80달러를 흥정하여 70달러로 깎았다. 이것이 우리의 신혼 보금자리였다.

두 달이 지났다. 우리는 자축 행사를 베풀 이유가 충분히 있다고 생각했다. 우리 두 사람에게 지난 6년은 혼란스러운 세상이었다. 처참한 동족상쟁(同族相爭)에서 살아난 것이 요행이라는 것을 알고 있었다. 조국은 아직도 가난에 허덕이고 있는데 우리는 평화로운 나라에 와서 좋은 직업을 가지고 셋집이나마 우리의 공간을 장만하고 살고 있으니 축복받은 사람들이었다.

4월 말 경에 1주일 휴가를 받고 뒤늦은 신혼여행을 떠났다. 자동차는 없었으니 자동차 여행은 생각도 못 했고 비행기 여행을 할 돈은 더더욱 없었다. 그래서 1주일 동안 Greyhound 버스를 타고 미국 동부 관광여행을 하였다. 우리가 살고 있던 Detroit를 떠나 New York으로 가서 Empire State Building, 자유의 여신상도 보았고 Washington D.C.에 가서 국회의사당, 백악관도 보았다. 일요일 밤 10시에 집에 돌아왔을 때 몸은 몹시 피곤하였지만, 마음은 흡족하였다. 다음 날인 월요일 아침에는 병원 근무를 다시 시작할 예정이었다.

문을 열고 들어가는 순간 뭔가 잘못되었다는 것을 감지하였다. 집주인 할머니인 Mrs. Hilloc은 집을 티끌 하나 없이 말끔하게 정돈하고 사는 사람이었다. 한 번은 나에게 목욕 수건을 쓰고 올바로 걸어 놓지 않았다고 나무랄 정도였다. 그런데 이게 웬일인가. 나와 아내의 셔츠, 재킷, 바지, 양말, 속옷이 거실 여기저기에 흐트러져 있었고 어떤 옷은 계단에서 우리가 쓰고 있던 방문까지 되는대로 흩뿌려져 있었다. 아찔한 순간이 지나 제정신이 돌아오자 나는 큰소리를 질렀다,

"Mrs. Hillock! Mrs. Hillock!"

흰색 잠옷을 입고 침실에서 나온 그녀는 사람의 몰골이 아니고

영화에서 본 마녀같이 보였다.

"What's the meaning of this?"(도대체 이게 무슨 영문이요?) 내가 소리쳤다.

"Don't you know what day it is?"(오늘이 무슨 요일인지 아세요?) 나는 그녀가 무슨 질문을 하는지 몰라 아내를 바라보며 무슨 소리를 하는지 알겠느냐는 의문의 눈치를 보냈으나 아내도 머리를 흔들었다.

"What do you mean? It's Sunday." (뭐요, 오늘은 일요일이지요) 한참 만에 내가 대답하였다.

"Don't you know the date of the month? It's third of May, and you are supposed to pay rent on the first day of the month. Don't you remember?"(몇 월 며칠인지 모르오? 오늘이 5월 3일인데 당신은 월세를 매월 첫날에 지불하는 것 알지요?)

그제야 모든 것이 명백해졌다. 집세를 달 첫날에 지불하지 않았기 때문에 그녀는 우리를 자기 집에서 쫓아내려던 것이었다. 그녀는 5월 1일 밤잠을 자지 않고 우리가 70달러짜리 수표를 가져오기를 기다리다가 자정이 되어도 우리가 나타나지 않자, 우리의 물건들을 방밖으로 내던지기 시작한 모양이었다. 우리 부부는 처음 가는 장거리 여행에 흥분하여 떠나기 전에 월세를 선불하는 일을 깜빡 잊었던 것이다.

하도 황당하고 어이가 없어 욕설을 퍼붓지도 못했다. 터무니없는 행동을 하는 마귀할멈과 싸워본들 무슨 소용이 있겠는가. 나는 멀지 않은 곳에 사는 Mrs. Hillock의 아들에게 전화하여 자초지종을 설명하였다. 늦은 밤인데도 그가 즉시 달려왔다. 자기 어머니는 올해 79세이고 젊었을 때는 경우가 밝았던 분인데 지난 몇 해 동안 이해할 수 없는 행동을 종종하여 걱정을 하고 있다고 하였다. 망령이 든 할머니가 한 일이라 생각하고 용서해 달라고 빌었다. 그와 대화하는 동안 나의 분노는 약간 가라앉았으나, 그녀가 자신의 행동이 지나쳤다고 용서를 빌며 우리에게 계속 머물러 달라고 간청을 하더라도 이미 우리를 무자비하게 쫓아내려던 사람의 집에서는 살 수 없었다. 흩어진 의류를 여행 가방에 넣고 거리로 나왔다. 밤 2시 반, 새벽이라 1시간을 기다리니 버스 한 대가 왔다. 승객이 우리 두 사람밖에 없었다. 우리가 일하는 병원에 도착할 때까지 나와 아내는 한마디 말도 하지 않았다.

사회생활 초년생이었을 때에 겪은 이러한 불쾌한 사건들이 나의 성격과 행동에 악영향을 미쳐 훗날 대인관계가 원만하지 못한 인간이 되지 않았기를 바란다. 내 딴에는 역경에 처했을 때마다 인생의 교훈을 배우는 기회라고 생각하며 어려움을 극복하려 노력해왔다. 앞길에 고초를 겪어야 할 일이 얼마나 남아 있을까? 집에서 쫓겨날 일이 또 생길까? 치매에 걸리거나 심한 신체장애로 양로원으로 쫓겨나지 않는다고 누가 장담하겠는가? 한 가지는 분명하다. 머지않아 이 세상에서 쫓겨난다는 인간의 숙명 말이다. 그날이 쫓겨나는 날이 아니라 괴로움이 없고 안락한 낙원으로 가는 첫걸음을 내딛는 날이 된다고 믿고 있는 사람들이 부럽다.

윤종호

johnnyyoon48@hotmail.com

사돈끼리 여행하기
정신문화의 뿌리
손자와 함께 받는 유아교육
합평을 먹고 자라다

사돈끼리 여행하기

아들의 혼사 일로 사돈을 만난 것은 토론토에서였다. 동포 가게 건물주의 사술(詐術)로 큰 피해를 본 런던에서 애들이 있던 미시사가로 옮겨오던 때였다. 경제적 육체적 정신적으로 소진되어 힘들었지만, 나의 운명이라 여겼다. 여름에 사돈이 토론토를 찾았고, 늦가을에 우리가 고국을 방문해 인륜대사를 치렀다.

나는 이민 이후 육체를 혹사했다 싶어, 이듬해 초에 처음으로 건강검진을 받았다. 심상찮은 병소를 발견해 수술하고, 마루의 장의자에서 가료하며 간호사의 방문치료도 받았다. 일은커녕 부실한 육체를 회복시키는 데 한 해가 더 걸렸다. 대상포진으로 몇 달간 잠을 설친 일도 그 시절이었다. 전쟁 중에도 시집 장가는 간다지만, 아들의 결혼을 빼면 모든 게 절망적이었다. 운명의 여신이 밉보인 한 인간의 끝장이나 보려는 듯 몇 년간 눈도 못 뜨게 몰아쳤다.

손자가 태어나던 그다음 해 봄날, 사돈 부인이 산바라지로 토론토를 방문했다. 아내의 아이디어로 안사돈끼리 동쪽을 다녀왔다. 천 섬과 오타와 몬트리올도 구경하고, 고풍 넘치는 퀘벡 구시가지도 같이 거닐었다. 바깥사돈은 나와 한 살 차이고 안사돈끼리는 동갑이니, 우리는 같은 시절을 호흡했던 동년배다. 두 분의 생장지는 구습을 엄청 따지는 안동 일원이고, 그곳은 아들이 걸음마를 떼던 시절 우리가 두 해를 살았던 추억이 있다. 아들이 국민학교 일학년에 다닌 곳은 지금 사돈이 사는 다른 도시에서였는데, 서로 모른 채 이백 미터쯤 떨어져 살다가 우리는 서울로 떠났다. 아이들은 토론토에서 만났다. 아들의 출생 몇 달 전 내 꿈에 특이한 조짐이 보였고, 그 후 며느리를 처음 만나기 전날 꿈에도 퍼즐을 맞추듯 삼십 년 전의 그 계시가 또 보여, '이상한 인연을 오늘 보는구나.' 하고 놀랐다.

손자 돌잔치 때 사돈이 캐나다를 방문했다. 돈, 책, 실, 만년필 장난감을 늘어놓고 사람들이 손뼉 치며 떠들자, 놀란 아기는 만년필을 거머쥐고 백 달러 지폐를 깔고 앉아 큰 소리로 울어댔다. 사돈이 뉴욕을 보고 싶다기에, 나는 사돈 합동 여행을 기획했다. 세계 금융의 중심지, 넘치는 물질과 사치 속에 분배정책의 모순점을 극명히 보여주던 곳, 흑인 슬럼 구역의 무정부적 방임에 충격받은 곳, 28년 전 봤던 그곳이 달라졌을까 나도 궁금하던 터였다.

우리는 동창 부부들처럼 가벼운 기분으로 떠났다. 며칠 묵은 허더슨강 남쪽의 웨스틴 호텔은 수돗물이 광천수였다. 낮 동안에는 강행군으로 땀에 절었지만, 밤에 온천물로 목욕하는 느낌은 근사했다. 오는 길목의 우드버리 아울렛에서 같이 쇼핑도 하고,

무사히 돌아와 그때 우리가 살던 미시사가 정류장에 중간 하차할 때였다. 뒷좌석의 여인이 궁금했던지 기어이 질문을 던졌다. "네 분은 어떤 관계입니까?" 내가 답했다. "우린 사돈지간입니다." 그 부인은 놀란 모습이었다. "예?? 세--상에! 아--니, 누가 사돈하고 외국 여행을 같이 간답니까?" 내가 대꾸했다. "여기 있잖아요. 왜, 그러면 안 됩니까?" 그 부인은, "그건, 아니지만요. 그렇지만서도…." 끝내 이해할 수 없다는 표정이었다. 우리 내외는 노스욕까지 갈 사돈에게 인사하고 하차했다. 구식 예절이 몸에 밴 사돈은 비가 주룩주룩 내리는 데 굳이 따라 내려 공손히 감사 인사를 했다. 그때 내 딸이 마중 나와 저만치 걸어오고 있었다. 사돈은 또 정중하게 인사를 했다. "사돈처녀께서 나오셨군요. 그간 잘 계셨습니까?" 나는 채근했다. "사돈, 버스가 떠나야 합니다. 그만 오르세요." 사돈이 답했다. "예. 그럼, 잘 들어가십시오." 나도 대답했다. "예. 사돈께서도 잘 가십시오. 여독(旅毒)이 풀리면 또 뵙지요." 사돈을 태운 버스는 노스욕으로 떠나갔다.

젊은 세대에겐 이런 인사예절이 퍽 낯설 것이다. 애들을 반려자로 맺어준 어른들로서 서로 조심할 점도 있고, 친근해야 할 이유도 있다. 남남이 만나 부부로 살 때처럼 말이다. 자식의 행복을 바라며 그 짝의 부모를 기피함은 옹졸하고 위험한 생각이다. 혼수나 무엇으로 서로 흉보고 배척하는 이들의 속사정을 다 알 순 없지만, 오랑캐의 마음으로 행복을 구함은 자가당착(自家撞着)이 아닐까? 나는 유교식 관습에 얽매이기보다는 건전한 상식으로 판단하며 살자고 결심했다. 우리 넷은 그 후 오타와 튤립 축제 및 천

섬 관광도 같이 다녀왔다. 그 다음 해 연초 사돈총각의 멕시코 결혼식 때 나와 아내는 사돈의 초청과 주선으로 '코리아 신랑팀'의 일원이 되어 먼 곳을 함께 다녀왔다. 계기가 있어 자연스레 두 번의 외국 여행과 두 번의 국내 여행을 같이 다녔다.

흔히 불가근불가원(不可近 不可遠)으로 표현하거나, '멀리 떨어질수록 좋다.'는 속담도 있다. 언행의 자제력이 요구되는 조심스러운 상대이니, 차라리 피하자는 생각인지? 현대 생활 속에 그런다고 해결될 일도 아닐성싶다. 기회가 닿을 때마다 만난들 살면서 몇 번이나 볼까. 사람 관계에 쪼개고 배척할 이유를 찾는 것은 감싸고 화합하기보다 언제나 쉽다. 남녀가 사랑에 빠질 때처럼 포용하고 융합할 이유를 찾으려는 마음속에 길이 있지 않을까. 인연을 생각하면 허물은 감싸고 친근하게 지내려는 내 방식이 순리일 것 같다. 어른들이 화합하면 부부로 사는 애들의 마음도 편할 테고, 결국 집안이 화목하면 옛말에 "되는 집안에는 가지 나무에도 수박이 열린다…"는데 우리 집에 그런 행운이라도 찾아올지….

* 〈계간수필〉 2016 여름호 초회 추천작

정신문화의 뿌리

성큼성큼 발전한 조국인데, 거기도 많이 달라졌을까? 옛 문화 전통의 보루란 자부심이 늦게까지 변화의 발목을 잡았으려나? '안동김씨 대동보소(大同譜所)' '안동권씨 대동보소' 현판을 좌우에 붙인 회사 앞의 기와집은 그 도시를 상징하는 듯했다. 김씨, 권씨뿐인가. 진성 이씨, 풍산 유씨, 영천 이씨, 고성 이씨도 번성한 가문이었다. 나라의 이념 학문 풍속을 선도하고, 권병(權柄)을 휘둘렀던 흔적이 유적뿐 아니라 주민의 언행에도 박제되어 있었다.

젊은 시절, 회사 일로 안동에 부임했다. 팔공산 다부동 고개를 넘으면 북으로 소백산 아래 풍기에까지, 상주 지경에서 동쪽의 영덕 경계까지 2시 8군 넓은 권역이었다. 안동 반경 2백 리 산간은 서원 종택 제실이 가득했고, 말씨와 풍습이 같았다. 이끼 낀 종갓집과 정자는 *추로지향의 고즈넉한 질서 속으로 나를 이끌었다. 제사에 달이 뜨고 해가 가니, 음식도 헛제삿밥이 유명했다. 장날에 산간 사람들이 성내 시장과 결혼식장에 몰렸다. 일족을 인솔한 갓 쓴 노인은 네거리에서 대각선으로 성큼성큼 걸어갔다. '어른'의 군자대로행에 여인 6, 7명도 바로 따랐고, 좌회전하던 버스 운전자가 웃으며 기다리는 풍경도 이채로웠다. 하회 탈춤은 선들바람을 일으키는 한류의 원초적 뿌리인지. 세월을 안고 굽이 도는 강물과 탈춤의 유연한 혼이 하회에서 만난 일이 우연일까? 조선 사학(私學)의 최고 명성과 꼬장꼬장한 사림(士林)의 기백은 종가처럼 쇠락했지만, 인격 완성과 실천을 중시한 퇴계의 가르침은 유풍으로 남아 안동을 학문과 예절의 고장 한국 혼의 뿌리 고장으로 자리매김하게 했다.

'문화가 없는 세상은 어떤 모습일까?' 살벌한 각축장이 될밖에…. 문화는 인간 집단이 사는 동안에 생겨서 다듬어진 생활 양태요 규범이며, 삶의 정수(精粹)이다. 문화는 우리를 고상한 경지로 오르게 하며, 인간답게 살게 한다. 그것은 어느 천재가 고안하거나, 독재자의 명령으로 만들 수 있는 게 아니다. 인간을 등급화할 수는 없지만, 문화에는 등급이 매겨진다. 그로써 내가 속한 집단이나 종족의 평가도 달라진다. 통신의 발달로, 세상이 하나의 문화, 하나의 지령에 따라 움직이는 듯하다. 이럴 때 남의 장단에 춤출 게 아니라 선도하는 처지가 되려면, 전해 오는 문화를 보전하고 그 힘을 발휘하게 함이 첩경이다. 우리에게도 '뿌리 깊은 나무, 샘이 깊은 물'은 있으니….

그 후 여러 곳을 전전했고 고국을 떠난 지도 오래건만, 그 뿌리 고장이 아지랑이 피며 영어에 기죽고 다른 문명권에 엉거주춤 선 내게 이른다. "뿌리를 잊으면 정체성도 잃기 쉽고, 물결에도 휩쓸

린다."라고. 이민 정착은 문화 충격을 무릅쓰며 적응하는 힘겨운 과정이다. 생활의 편의만을 추구해 가치 판단을 내려놓고 살던 나를 나무란다. "전해오는 것을 옥석의 구분도 없이 버리고 새것으로 채우기 바쁘다면, 우리 문화, 우리의 정체성은 누가 어떻게 지키는가?" 하고.

해안 지역이 상전벽해를 이뤘는데, 그 산골은 성씨(姓氏)의 본향, 옛 문화의 계승자로서 자부심만을 붙들고 있었다. 생각하면, 첨단 산업도 선조들이 가꾸고 지녀온 학문과 문화의 뿌리 위에 피운 꽃이 아닌가? 뿌리는 자신을 숨긴 채 드러나 보이는 생명체를 살리고 북돋운다. 외래 문물 앞에 노송처럼 산처럼 민족 문화를 안고 버텨 온 뿌리 고장의 심지와 노력마저 없다면, 무엇이 후세에 전해져 '우리의 것', 한국의 얼'을 논할 수나 있을까? 우리는 가난하던 때도 학문과 예술에 심취했고, 인정 넘치고 절도 있는 생활체계를 영위했다. 풍족한 물질문명 시대에 세련된 정신문화로 짝하는 균형 잡힌 노력을 한다면, 선진 문화국이 되기도 어렵지는 않겠다 싶다.

캐나다에서도 겉 노랗고 속 흰 바나나 같이 살면 편하겠으나, 수천 년 맥을 이은 문화 민족 후예가 지녀야 할 자존심이 고개를 치켜든다. 어린 손자에게 우리말과 문화를 전수하는 내 노력도 *우로지택을 강조한 안동 시절에 쏘인 정신문화에 감화된 탓이겠거니. 한국 음식을 못 잊음은 입맛을 따르는 본능적 욕구지만, 말과 글을 지키는 데는 정체성 유지라는 이성적 판단과 함께 끈질긴 실천 의지가 따라야 하리라. 배운 이의 행위가 본능에만 집착

할 수는 없지 않은가.

낯선 문명권에 뿌리내리는 내 몸부림을 “햇볕에 바래면 역사가 되고, 달빛에 물들면 신화가 된다.”라는 선인의 말씀에 비춰본다. 세월이 가면 나 자신도 역사가 되고 후손에게는 뿌리가 되리. 오늘 힘들어도, 쉬운 대로만 살 수 없는 이유가 이것임에랴.

내가 묵화 속 옛집 같은 그 산골을 그리워하는 이유가 무엇일까? 잠시 멈춰 있기조차 어려운 세태에 싫증이 났나, 잊혀가는 우리의 원형질을 붙드는 애틋한 마음인가. 아니라면, 내 아이들이 걸음마를 떼던 그때로 돌아가고픈 심정인지.

아마도 한국정신문화의 대표적 뿌리 고장을 존중하는 내 마음과 순후한 그곳 인심이, 가슴 깊이 잠자던 그리움을 불러내었나 보다.

* 추로지향(鄒魯之鄕) ; 맹자의 추나라 공자의 노나라를 합친 말. 유교 문화를 잘 보전하는 고장임을 자부하는 표현임.
* 우로지택(雨露之澤) ; 농사에 이슬과 비의 혜택을 받는 것처럼, 조상 덕분에 후손이 입는 문화적 혜택을 비유한 말.

손자와 함께 받는 유아교육

손자가 태어나고 자라는 일은 나무에 꽃 피고 열매 맺는 것과 같다. '세 살 버릇 여든까지 간다.'는 속담이나, '4, 5세 때 인간의 뇌 형성이 완성된다.'는 과학자들의 주장이 초기교육의 중요성을 말하는 것 같다. 나는 손자 교육에 아내와 함께 힘닿는 데까지 역할을 하자고 약속했다. 경쟁 사회의 일선에선 물러난 지 몇 해째지만, 손자의 기초교육을 챙기는 일은 조부모만큼 알맞은 존재도 없으리라.

아침마다 PFLC(Parenting & Family Literacy Centre)에 간다. 유아와 보호자를 교육하는 공립시설이다. "Roly Poly" 등의 음률과 합창이 교실을 울린다. 보호자에게는 보조교사의 역할도 요구한다. 유치원 전 단계의 두세 살짜리 아이들이 처음 단체생활을 하니, 울고 보채는 등 반항이 잦다. 그래도 몇 달쯤 출석하면 저항 횟수도 줄고, 수업에 자발적 열의도 보인다.

화재나 비상시 아기와 보호자의 대피훈련 교육은 영하 20도의 혹한에도 매달 실전같이 이행한다. 선생님은 소지품을 교실에 둔 채 잡담하지 말고, 잰걸음으로 현장을 벗어나게 가르친다. 또 각자의 이름을 붙인 화분에 나비 알을 넣고, 겨우내 물 주며 길러 생명 탄생의 과정을 체험하게 한다. 드디어 예쁜 나비로 부화된 봄날, 공원에 가서 두세 마리씩 날려 보내는 기쁨도 맛보게 한다.

인간의 기초교육에 영어, 산술, 예능보다 우선해 가르칠 일들이 많다. 친구들과 협동 작업하기, 인사하기, 위생적으로 자기 몸 관리하기, 공중도덕 지키기 등등. 또 조부모로선 한국어 교육과 동양 문화에 대한 이해도 갖게 하고 싶다. 무엇보다 아이가 장차 행복한 삶을 꾸려갈 것과 자신의 주위를 행복하게 만드는 사람으로 자라기를 염원한다. 요즘은 아이가 인생 처음 부르는 노래의 가사에도 관심이 가고, 유심히 따지며 선별해주려는 마음이 생기니 나의 노파심인가?

자랄 때, 우리 집에선 바쁜 가게 일과 겸해 직접 벼농사를 했다. 밤낮 논에 다니며 힘써 돌보던 일이 떠오른다. 볍씨 고르기부터 파종(播種)과 못자리 꾸미기, 모내기 작업, 논에 물 대기, 비료 뿌리고 농약치기, 잡초 뽑기, 벼 베기와 타작, 탈곡 등의 긴 과정을 거쳐 곡식을 갈무리해야 끝난다. 그중에 가뭄 때면 볕에 탄 벼 이삭보다 더 애가 타, 갈라진 논에 손바닥이 부르트며 웅덩이의 물을 퍼 올렸다. 추수기 즈음에 잦은 태풍이 다 큰 벼를 물속에 처박고 갈 때면, 젖은 볏단을 일으켜 세우고 말리느라 며칠간 허리가 끊어질 지경이었다.

인간 교육도 단계와 내용을 충족시켜야 함이 벼농사만 못 하겠는가. 모두가 벼농사를 알지는 못하듯, 손자 양육도 직접 관여치 않으면 느낌이나 이해(理解)가 강 건너 불 보듯 하다. '울고 보채던 녀석이었는데, 어느새 다 키웠네!' '애는 낳기만 하면 눈 깜짝할 새 큰다니까.' 하는 감탄조의 인사는 지루하고 힘든 과정을 간과한 치레에 불과하다. 더구나 교육이 목표에의 도달 못지않게 과정의 충실한 이행에 의미를 부여함을 안다면 말이다.

오늘도 그 언행의 첫걸음에 조심스레 디딤돌을 놓는다. 교육목표와 이론은 분명하나, 실행은 간단치가 않다. 우선, 짧은 순간도 한눈팔지 않고 보살펴야 하는 어려움이 크다. 사내놈이라 어깃장 부리고 싫증내어 반항도 잦으니, 조손간에도 밀고 당기기의 기(氣) 싸움은 팽팽하다.

학교에 두어 달 잘 다니던 녀석이, 요 며칠은 아침마다 배 아프다며 드러눕곤 한다.

(할머니) "큰일 났네, 병원 가야겠구나"/ (아이) "아~냐! 병원 갈 만큼 아픈 건 아니고…!"/ (할머니) "그럼, 학교 안 가려고 아픈 배야?"/ (아이) "응?"

늙어가며 새싹과 종일 부대끼는 일이 눈부시고 감사할 일이다. 세월의 때 문명의 공해에 찌든 내가 이 해맑은 어린 왕자와 함께 할 자격이 있기나 한가?

자랑할 수도 생색낼 수도 없는 손자 양육은 비슷한 되풀이의 단조로운 일상이라 표 나게 성취할 것도 없으니, 더 큰 인내심과 사랑이 필요할 것 같다. "장미가 소중한 건 그 꽃을 위해 네가 바친 시간이야." 라는 '어린 왕자'의 말처럼 '내가 물주고 고깔 씌워주고 벌레를 잡아주는 이 장미꽃'이 아름답게 활짝 필 날을 그려본다.

합평을 먹고 자라다

뛰어난 작가라도 지식과 지혜의 한계를 느낄 때가 흔할 것이다. 여러 사람의 지력을 빌어 그 한계를 극복하려는 것이 합평하는 주된 이유다. 다양한 지적 능력의 구성원들이 펼치는 합평 속에, 혼자서 막연했던 문제가 쉽게 풀리기도 한다. 여러 사람의 의견이 더해지니, 중심 잡히고 깊이를 지닌 결과를 얻을 때가 많다.

"박 선생님, 왜 같은 단어를 세 번이나 씁니까?" "조 선생님, 의성어 의태어 미사여구는 많은데, 내용은 별 것 없군요. 철학성도 부족해 보이고…"

작은 실수나 어색한 표현도 수필 반 동료들의 매서운 평을 피할 수 없다. 문인 협회 수필 반은 매달 첫 수요일이면 수필 공부 모임에서 합평회를 연다. 등록된 구성원 18명에, 불규칙한 참석자도 몇 명 있다. 나는 느지막이 문인 협회에 들면서, 수필 반의 일원으로 활동하고 있다. '늦었다고 생각될 때가 바로 시작할 때'라는 세간의 격려는 헛말이 아닌가 보다.

'어떤 분들처럼, 나도 시 수필 칼럼을 넘나들며 문재(文才)를 뽐낼 날이 있을까?' 하고 부러워한 적도 있었다. 문학적 소양이 부족했던 터라, 처음엔 합평에 귀를 열고 동료들과 보조를 맞추기도 쉽지 않았다. 어느 분야이든 호락호락하지 않은 것은 '서당 개 3년'이니, 알 수 있다. 그런 과정에, 수필을 통해 예술의 경지로 나아가 보자고 나만의 목표도 설정했다. 우선 탁월한 작가들의 명작을 탐구하는 데 큰 노력을 기울였다. 글쓰기에는 실제로 글을 쓰려는 노력 그 자체를 뛰어넘는 왕도는 없을 것이다. 사유의 도랑을 깊게 파고, 평범한 사물도 남달리 보며 낯설게 쓴다는 수필의 본령(本領)에 충실히 하고자 나름대로 애를 쓴 세월이었다.

합평에 열중하다 보면, 곁가지 생각도 따라서 온다. '저분은 저만한 창작을 올렸는데, 내가 무슨 판정관이라고 이러니저러니 하는가?' 또는, '내 작품은 보잘것없는데, 이 무슨 건방인가?' 그런 생각을 하다 온 날이면 후회스러울 때도 있었다. 글쓴이는 얼굴을 붉힐 만한 평을 듣더라도 말이 없다. 열띤 합평 속에 그 규칙은 간간이 흐트러지지만, 곧 재천명 되고 곧추세워진다. 필자는 동료들의 평을 경청한 후, 취사선택할 뿐이다. 인간은 감정이 앞서는 법인데, 고심하며 썼을 필자를 마주 보고 흉허물을 잡는 것 같아 마음이 편치는 않다. '그의 창작 열의에 손상이라도 입히는 게 아닐까?' 하고.

'남을 평하는 자, 그로써 제가 평을 받는다.'라는 말이 평을 하는 나를 긴장하게 한다. 합평의 발언을 들으면, 그가 내 작품을 얼마나 깊이 파악했는지 알 수 있다. 수필 공부에 쌓은 그의 내공

(內功)도 웬만큼 드러난다. 날카로운 평은 때로 비수같이 느껴진다. 작가에게 글은 자식이나 다름없는데, 왜 아니겠는가. 그러나 대장간에서 쇠를 두들겨 단련하듯, 합평은 불순물을 뽑아내어 영롱한 문학 작품을 얻으려는 인고(忍苦)의 과정이다. 아니, 능력의 한계를 겸허히 받아들이는 문학도들이, 글동무와 살을 비비며 부족한 점을 서로 채워주는 눈물겨운 협업이다. 나는 합평의 긍정적 힘을 믿기에, 따가운 질책 앞에 내 부족한 자식을 과감히 내다 맡기는 심정이 된다.

3년 전에 쓴 내 작품의 초고를 읽다가 숨고 싶어진 적이 있었다. 글 선배들이 생색 한 번 내지 않고 나를 가르쳤구나 싶고, 그 덕성에 머리가 숙어진다. 자유스러운 분위기며 개방된 모임이지만, 엄격한 규정은 따로 있다. 각자가 매달 창작문을 수필 반 회원들께 보내고, 동료가 보낸 작품을 깊이 연구해 이론 무장을 한 후 참석하는 게 예의다.

창작문을 매달 공개적으로 올리기도 쉽지는 않지만, 우리가 문학 단체로 존재하는 이유이기도 하니, 굽힐 수 없는 원칙이다. 따가운 합평이 두려워서 혼자 감추며 쓴다면, 오만이나 독선에 빠지기가 쉽다. 그럴 때 나도 모른 채 사유의 오류를 범하고, 잘못된 길로 흐른다면 누가 말리겠는가? 혹시, 퇴고가 덜 된 글이 인쇄되어 세상에 나갈 땐, 웃음거리가 될 수도 있다.

돌아보니, 매정한 질책은 고마운 가르침이었다. 합평을 위한 평이 아니라, 배움을 위한 평이었다. 작품의 초고(草稿)는 합평이라는 불 속을 지나며 독선이나 편견에 빠질 가능성부터 태워 없앤다. 알량한 자존심만 굽히면, 보석 같은 조언을 무상으로 얻을 수 있으니, 이보다 쉬운 방법이 흔할까? 글동무들에게 사랑의 매를 청하는 겸허한 자세는 내 수필을 살지게 하며, 글의 생명력을 길게 할 것이다. 상부상조하는 마음으로 펼치는 합평이 내게 건전한 사유를 하게 하고, 세련된 문필가로 성장하는 데 없어선 아니 될 감시자 역할을 한다.

나의 문장력은 합평을 먹고 자라나리라.

장정숙

chungsookkoh@yahoo.co.kr

6·25이야기

6월 내내 빗방울을 내리던 토론토의 하늘이 오늘은 왜 이리도 맑은가! 물빛만큼이나 고운 얼굴로 서울의 하루를 열어주었던 그 하늘이 대한민국을 배반했던 67년 전의 6·25를 나는 토론토의 상공에서 다시 만난다.

그 날 나는 서울역에서 인천행 기차를 타고 있었다. 기차가 용산역에 도달했을 때 맞은편 선로 위로 북으로 가는 기차가 들어왔다. 그 기차는 군복을 입은 사람들로 꽉 차 있었다. 심상치 않은 광경이었다. 군복을 입은 사람들? 남의 옷을 빌려 입은 듯 어딘가 어눌해 보이는 그 집단을 군대로 보기는 어려웠다. 어느새 구내엔 긴장감이 돌면서 용산역엔 예기치 않았던 위화감이 흐르고 있었다. '38선에서 또 옥신각신 한 모양이지?', 누군가가 내뱉듯 던진 그 말에 군복 집단의 정체는 밝혀졌으나 이미 귀에 익은 '옥신각신'은 새로운 뉴스가 될 수 없었다. 내가 탄 기차는 곧 노량진역을 향해 달렸다.

인천에서 올리는 K의 결혼식에 가는 길이었다. 노량진역에서 탑승하기로 되어있던 친구 J는 보이지 않았다. 졸업을 앞두고 해안경비대원과 결혼하는 K의 결혼식 초청에 응하는 학과 친구는 아무도 없었다. 나 역시 그녀의 인형 같은 표면적인 인상과 기차 통학을 하는 한 무리 속의 아무개라는, 조금은 편파적인 시각으로 보아온 동기일 뿐이었다. 그런데 J가 나를 설득했다. 웨딩마치를 쳐 줄 사람이 없다는데 너와 내가 도와주자는 것이었다. 그렇게 나를 설득한 본인이 보이지 않는 게 이상했으나 이미 어쩔 수 없는 상황이었다.

인천에 도착했을 때 나를 마중 나온 해안 경비대원은 38선에 이변이 생겨 예정되었던 인천 공회당 식장이 바뀌었다며 월미도로 차를 몰았다. 식장은 월미도 안에 있는 허름한 예배실인데 피아노는 없었다. 신랑의 들러리는 새벽에 전방으로 떠나 있었고, 신부 쪽 들러리는 나타나지 않았다. 당시 해안 경비대는 해군의 전신으로 경비대 대장인 신랑도 결혼식이 끝나는 대로 전방으로 떠난다는 것이었다. 피아노를 대신하는 풍금 페달은 절름발이처럼 덜컹거렸고 꺼진 건반은 소리를 내지 않았다. K는 공회당에 새로 마련되었다는 그랜드 피아노를 구실로 내게 도움을 요청했고 기실 나도 화려한 결혼식이 될 그 장소에서 한 번쯤은 뽐내고 싶다는 욕망도 없지는 않았다.

그랜드 피아노에 홀렸던 내 꼴이 우습게 되었다. 결혼식은 후다닥 끝났고 하객들은 기다렸다는 듯이 흩어졌다. 신부는 하얀 드레스를 입은 인형처럼 넋이 빠져 있어 많지도 않은 하객에게 인사도 하지 못하고 있었다. 불시에 일어난 전쟁으로 야기된 돌발적 상황임을 이해하면서도 나는 불쾌했다. 선심을 썼다고 생각하는 나로선 고맙다는 인사도 듣지 못한 채 거리로 나선 나 자신을 믿을 수가 없었다. 마치 바보라는 배역을 연기하고 나온 단역배우처럼 처량한 심정이었다. 그때쯤 국회의원 아버지를 둔 J가 나타나지 않았던 이유도 알게 되면서 갑자기 나는 혼자만 바보가 된 듯한 배신감에 빠져들었다.

마땅히 서울행 기차를 탔어야 했다. 그런데 그렇게 되지 않았다. 깨져버린 자존심과 어처구니없이 당한 봉변에 얼떨하여 아무것도 생각이 나지 않았다. 누가 내 앞에 불쑥 나타나서 말을 건네주든지 비가 쏟아지든지 하지 않고는 밑바닥까지 내려앉은 감정을 추스를 수가 없었다. 그러던 중 문득 내 이모가 인천에 살고 있다는 사실이 생각났다. 벌써 여러 번 찾아갔던 이모인데 나는 그것마저도 잊고 있었다.

경인선 열차는 거의 시간마다 있었고 해는 길었다. 잠시라고 찾아간 이모는 나를 놔주지 않았다. 라디오에서는 38선의 상황을 방송했지만, 인천 일반 시민들에겐 별일이 아닌 듯 조용한 하루가 저물었고 '국군은 다 죽었다던?' 하는 이모의 한 마디는 힘이 있었다. 시간이 지나면서 불온했던 마음도 가라앉아 나는 그 밤을 인천에서 보냈다. 이튿날 내가 탄 서울행 기차는 주안역에서 더 가지 못했다. 탱크를 몰고 미아리고개를 넘어온 인민군을 저지하기 위해 한강교를 폭파했다는 것이었다. 나는 주안에서 인천으로 되돌아갔고 이틀 후 인천 거리에는 붉은 깃발이 올라 시민들은 피난을 서둘렀다.

이모를 따라 피난 간 섬의 바닷바람은 전쟁과는 상관이 없었다. 사람들은 친절했고 감자와 콩을 섞은 밥은 맛있었다. 그러나 기약 없는 전시를 객의 신세로 지낼 수는 없는 일이었다. 한 달 후 나는 섬 나루터에 섰다. 불덩어리 같은 태양이 산에서 솟는 새벽, 바다는 곧 붉게 물이 들면서 갈매기는 아슬아슬 물 위를 날았다. 둥글게 원을 그리는 하얀 갈매기와 철렁철렁 노 젓는 소리로 그 아침은 더없이 고요했다. 먼 친척이 된다는 할아버지 사공과 나는 말을 하지 않았다. 사람의 소리가 끼어들면 자연의 정기가 깨질 것 같은 아침 경관을 뒤로 나는 작은 목선에 몸을 위탁하여 6·25라는 험한 길 위에 떴다.

얼마 후 경인 도로 소리가 들리는 어느 언덕 아래 육지에 섰다. 적지로 들어가는 기분이었다. 조심조심 길모퉁이에 서서 분위기를 살피니 의외로 살벌한 기는 보이지 않았다. 두근거리는 가슴으로 행인들 속에 섞여들어 서울을 향해 걸었다. 도로는 지글지글 타고 있었고 군데군데 높이 걸려있는 빨간 깃발은 내 가슴을 태웠다. 밀짚모자를 꾹꾹 눌러쓰고 시골 여자처럼 팔자걸음으로 길을 서둘렀다.

온종일 그렇게 걸었다. 평시에도 그렇게 걸은 양 내 발은 잘 걸어주었다. 길가에서 파는 개구리참외를 사 먹고, 걸으면서 김밥을 먹는 여유도 생겼다. 노량진에 닿았을 무렵 긴긴 여름 해는 기울고 있었고 그 햇볕을 배경으로 한강 바닥에 거꾸로 박혀있는 괴물이 보였다. 하늘과 땅 사이에 사마귀 같은 몰골로 길게 뻗어 있는 그것은 바로 많은 피란민을 삼켰다는 한강철교의 변모한 모습이었다.

강변 모래밭에 이단처럼 우글거리는 한 떼의 사람들이 보였다. 그것은 나룻배를 타고 강을 오가는 사람들과 먹거리를 파는 장사꾼들이었다. 전쟁은… 누가 하고 있는 거지…? 순간 이상한 나라를 보는 기분이 들면서 내가 한 발 한 발 접근하고 있는 내 집이 손이 닿지 않는 먼 곳으로 쓰윽 밀려 나가는 기분에 빠졌다.

서울을 상징하던 한강 다리가 쇠락했다. 민생을 외면한 폐물의 꼴로 서서 수도 서울의 패배를 말해주고 있었다. 남으로 피신한 대통령이 청와대엔 이상이 없노라는 거짓 보도에 안심하고 다리를 건너던 시민들은 사체의 신분이 되어 물밑에 누웠고, 나는 이방인이 된 긴장감으로 그 지점에 섰다. 호흡을 멈춘 거대한 다리, 그 아래에서 꿈틀거리는 집단은 분주했다. 전쟁이 낳은 신생 삶의 생태가 재빠르게 탄생하고 있었다. 나룻배는 어제도 그제도 그리 했듯이 승객인 나를 용산 뚝 아래에 내려주었다. 거리는 B-29의 공습을 피하는 등화관제로 캄캄했고, 정부가 없는 효자동 길은 경인 도로보다 더 멀고 빨간 깃발보다 더 음침했다.

나는 서울이 아닌 서울로 돌아와 있었다. 그로부터 67년이 지난 오늘, 6·25 때의 그 신부를 다시 생각한다. 상아탑이라는 푸른 잔디에서 놀던 내가 자칫 험한 길로 빠질 뻔했던 그 아슬아슬한 날의 진상을 6·25의 신부는 모른다. J는 휴전 상태에서 미국으로 유학을 떠나 6월 25일의 그 사건은 나만의 그림자로 남았다. 6·25의 신랑은 군정(軍政)의 위세를 타고 승승장구하여 한때 내 남편의 윗자리에 앉았다. 직책상 그들은 서로의 신상을 알고 있었을 터, 그런데 남편들은 서로를 모른 척, 위아래의 직위를 고수했고 나는 학창시절이라는 '과거'를, 그녀는 사모님이라는 '실세'를 마스크로, 그렇게 우리는 어색한 한 시절을 살았다. 67년이라는 6·25의 거리는 좁혀지지 않았고 나는 이방인으로 이국땅에 내 묘지를 마련했다.

6·25 이야기도 이젠 끝낼 때가 된 것 같다.

한밤중의 함몰(陷沒)

꿈에 붙들려 있었다. 뱃속에 꽉 차 있는 물기가 급한데 몸은 움직여주지 않았다. 드디어 생리적 압박이 극도에 달했을 때 몸부림을 치며 일어났다. 시원하게 처리하고 잠자리로 돌아왔을 때 푹 꺼져있는 베개가 내 눈을 끌었다. 어수선한 꿈으로 머리에 짓눌린 흔적이 고스란히 담겨 있는 게 방금 꾼 꿈의 내용을 환기시키고 있었다.

평시 친숙하게 지내지 않았던 올케가 친정집 안방에 우뚝 서 있었다. 올케의 지령에 따라 집안의 살림살이가 이리저리 옮겨지고 있었다. 오빠는 시치미를 떼고 올케 뒤에 앉아있었고 팔짱을 끼고 그들 속에 태연히 앉아있는 내 남편은 어느 편이었는지? 은근히 아들의 편을 들어주는 아버지와 어머니의 보이지 않는 기운도 그 언저리를 돌았다. 나는 혼자 안달하고 있었다.

처신(處身)에 능란했던 올케와 미숙한 나와의 관계를 불러일으킨 한 편의 영상일 뿐인데 옛 그 시절의 단편들이 그리도 구체적인 형상으로 엮이어 아닌 밤중에 출몰한 것이었다. 고향을 떠난

지가 수십 년인데… 한 집안의 연고는 그리도 끈질긴 것인가.

학창시절 동기이면서 한 가족이 된 우리 처지는 서로의 인생 행보에 예민했다. 누가 더 잘 살고 못 살고를 떠나 가족이라는 이름으로 마주쳐야 했던 우리의 관계는 그녀가 영리했던 만큼 나는 우매한 꼴이 되기 일쑤였고, 그 연장선에 있는 오빠의 배후에 나는 늘 올케의 그림자를 의식했었다.

편히 잠든 시간보다 몇 곱절을 꿈에 시달린 내 몰골이 베개에 함몰(陷沒)이라는 형태를 만들고 나를 올려다보고 있다. 탄력을 잃은 납작한 베개가 꼭 나를 닮았다.

꿈속의 사람들은 저승으로 떠난 지가 오래다. 그들이 누리지 못한 여분의 시간을 사는 나는 막차를 타고 있는 기분으로 새 시대를 살아간다. 작은 것으로도 만족할 줄 알았고 규범 안에 안주했던 19세기가 21세기의 꼬리에 매달려 간다는 이른바 격에 맞지 않는 '꼴'이 우습고 슬프기도 했다.

옛정을 그리워하는 건 사치고 무익하다는 것을 이민의 현장에서 배웠다. 체념이 약이라는 처방도 있어 나는 서서히 '꼴'에서 벗어나는 일을 익혀왔다. 그런데, 난데없이 그들이 오랜 세월의 공간을 뚫고 꿈속으로 나를 불러내었다. 옛적 관속에 얽혀있던 애증(愛憎)의 얼굴을 그대로 가지고.

어디서 그런 용기가 나왔던 것일까. 늦은 나이에 시작한 이민생활은 현재라는 순간순간을 이어가는 집념과 긴장과 불안이 겹친 과도기적인 삶이었다. '캐나다는 뭘 하는 곳이냐?' 10년이 되던 해에 고국에 계시던 어머니가 던진 질문이었다. 허파를 찌르듯

내 아픈 곳에 명중했던 그 한마디가 이젠 나의 물음이 되었다.

꿈속의 그 자리에 내 모습은 없었다. 시공을 초월한 꿈속을 나는 세속의 몸부림으로 그들을 만나며 애매한 차원의 세계를 헤매다가 깨어났다. 변기에 쏟아낸 체내의 액체만큼 더 얇아진 몸을 베개 위에 눕혔다. 쇠락하는 것의 가벼움이 온몸으로 드러나고 있다. 까칠하게 여윈 다리는 고목의 그것을 닮았고 목에선 비린내가 난다. 순환을 멈춘 어두운 공간, 미몽(迷夢)이 불러들인 옛 시간 속에서 내 현실은 맥없이 방황했다.

나는 무엇인가? 너는 왜 거기에 그러고 있니? 함몰한 베개에서 나와 어머니, 서로의 물음이 만나고 있다. 추구하고 항거하고, 쓰러졌다 다시 일어났던 세상의 것들이 다 지나가고 있는데, 어디에서 날아온 불안과 낭패인가.

'캐나다는 뭘 하는 곳이냐?' 나는 다시 푹 꺼진 베개를 바라다보았다.

미시시피 강은 흐르는데

창밖으로 미시시피강을 보고 있다. 어젯밤 카페에서 클라리넷을 불고 있던 검은 여인의 얼굴이 물결 속에 가려졌다가 다시 떠오른다. 무대가 아닌 좁은 공간 한구석에서 여인은 악기를 입에 물고 섰다. 이어 음악이 나왔다. 따뜻하면서 강렬한 음률에 묻어 나오는 한 줄기 금속 소리가 묘하게 내 가슴을 쳤다.

왜 그랬을까. 검은 피부와 금속 소리는 내 안에서 찰나적으로 음성적(陰性的) 반응을 일으켰다. 검은색은 숨겨진 색이어서, 그리고 금속 소리는 다듬어지지 않은 품위 없는 소리라는 내 선입견이 발동한 것이었을까. 가벼운 옷차림에 한 자루 악기를 들고 무대 아닌 무대에 선 그녀는 소속이 없는 음악인이란다. 상표가 없는 상품처럼 뒷자리에 앉아 있는 연예인이다. 악기의 몸통을 뚫고 밖으로 나오는 악음(樂音)은 서서히 그녀의 언어를 낳으면서 내 가슴에 가느다란 쇠줄의 떨림을 전달했다.

사흘 전 이 도시, 뉴올리언스로 들어왔을 때의 일이다. 맞은편에서 차가 오고 있는데 사람은 보이지 않았다. 내 차와 그 차의

거리가 가까워졌을 때 비로소 운전석에 앉아있는 검은 얼굴이 보였다. 그런 모습으로 달리는 차가 거리에 깔려있어 그제야 그 검은 색채가 이 도시의 또 하나의 얼굴임을 알게 되었다.

17년 전에 왔던 이곳을 올 세모에 다시 찾아왔다. 당시 나를 안내했던 사람이 미시시피 강변의 빈민가를 보여주었는데 미국에도 이런 가난한 도시가 있는가, 하고 놀랐었다. 지리에 어두운 나는 그때 본 한 모습을 뉴올리언스라고 착각하고 있었던 게다. 선창가엔 증기 유람선이 정박하고 있었는데 배의 굴뚝에서 '옛날에 금잔디 동산에…' 노래가 오르간 연주로 나오고 있었다. 방금 노예시장을 보고 돌아온 감상 탓이었던지 메기의 노래가 강 건너 먼 땅에서 들려오는 흑인의 향수처럼 들렸다.

16세기 초기부터 18세기에 이르기까지 아프리카 서부에서 배에 실려 온 흑인들은 미시시피 강가의 노예시장에서 팔려나갔다. 유럽인 개척자들이 아메리카라는 신대륙에 정착하면서 경제발전을 이루게 되자 그때까지 몸종으로 부리던 흑인들의 몸값이 올라 노예무역이 생겨났다는 전설적인 사실이 이 도시의 역사다.

이 도시에 유일하게 남아있다는 전차노선 센트 찰리스행 전차를 탔다. 그 전차는 부유한 구역을 돌면서 옛날 노예무역의 우두머리들이 살았다는 거대한 저택들을 보여주었다. 동네 입구 양편으로 수백 년 수령의 참나무가 하늘에서 맞닿아 아치형을 이루고 그 아래로 짙게 그늘진 길은 마치 하늘 아래 또 하나의 영토로 들어가는 관문처럼 당당해 보였다.

인간 장사로 부자가 된 개척자들의 저택은 호화로웠다. 스페인,

프랑스, 영국식 모양새로 자기 나라의 건축양식을 따라 지은 집이라 하는데 거침없이 설계된 듯 색채도 선도 화려했다. 영화에서나 보았던 그런 집에서 백인의 수족으로 살아갔을 흑인의 모습을 상상하는 건 충격적인 현장경험이었다.

돌아오는 길에 다시 올라탄 센트 찰리스 전차 운전자는 흑인이었다. 그는 승객들에게 크리스마스 캐럴을 부르자고 몸을 흔들며 손뼉을 쳤다. 두툼한 그의 손은 경쾌한 소리를 내지 못했고 뚱뚱한 몸으로 흔들어대는 수고스러움이 오히려 가여워 보였다. 몇몇 승객이 그의 선창을 따랐으나 내 입술은 더 굳게 닫혔다. 하느님을 생각했다. 그리고 쓸쓸했다.

검은 얼굴과 흰 얼굴 그리고 나의 누런색까지, 다양한 피부 색깔과 생각들로 인파를 이룬 거리는 국적이 애매했다. 강과 나란히 열린 길가에서 손님을 기다리는 마차들의 느긋한 모습은 돈벌이가 아닌 차라리 하나의 풍경이었고, 우연히 만난 광장의 잡다한 분위기는 새삼 또 하나의 뉴올리언스를 보는 듯했다. 그림을 그리는 미술가들과 그들의 주변에 널려있는 그림들은 팔리거나 말거나 늘 그런 식으로 있어 온 듯했고, 괴상한 옷을 걸친 점쟁이는 혼자 중얼거리고 있었다. 아무것도 탓할 것이 없는 허술하면서도 자극적인 이 도시의 독특한 맛은 어디서 오는 걸까. 세상의 속도나 기준 같은 것을 외면한, 어쩌면, 이 항구도시가 끼고 있는 토속적인 삶의 냄새가 배어있는 게 아닌지 생각되었다.

2005년 뉴올리언스를 휩쓴 허리케인 카트리나는 이 도시에 치명적인 수해를 입혔다. 피해지역이 아프리카계 미국인들이 사는 곳이었기에 그들을 방치했다는 비난을 받은 정부가 막대한 예산을 투입하여 아직도 공사는 진행 중이라 하는데 막상 집을 잃은 흑인들은 이미 타지방으로 흩어져 나갔다고 한다. 전 인구의 70%를 차지했던 이 도시의 특질적 인종구성은 백인의 수가 우월한 인구 변화를 일으켰고 그나마도 제 이의 고향으로 정착했던 아프리카계 사람들은 그 땅을 떠나지 않을 수 없었다.

오늘도 강은 잔잔하다. 갈매기가 날고 승객을 기다리는 유람선은 빨간 리본을 달고 계절을 축하하고 섰다. 루이 암스트롱을 추모하는 재즈 애호가들이 거리에 넘치고 아프리카 흑인의 소울(Soul) 음식이라는 감보(Gumbo)를 맛보기 위한 여행자들은 레스토랑 앞에 줄을 섰다. 뉴올리언스는 어쩔 수 없이 흑백의 대조적 색깔 논리를 지닌 도시임을 알 수가 있었다.

한 시간 뒤엔 떠나야 할 이 호텔 창밖으로 미시시피강을 다시 본다. 흑인, 암스트롱이 노래한 What a Beautiful World를 생각하고 있다. '난 혼자 생각해요. 이 세상이 얼마나 아름다운가를, 난 혼자 생각해요. 이 세상이 얼마나 놀라운가를…' 그를 최상급 음악가로 올려준 노래인데….

어젯밤 클라리넷을 부르던 여인의 곡명을 나는 모른다. 하지만 그녀가 부른 곡은 암스트롱의 그것과는 사뭇 다른 듯했다. 그녀에게도 What a Beautiful World를 부를 날이 있을까.

잔잔한 수면이 하도 무심해 나는 혼자 거센 물결을 일으키고 있다.

*Gumbo; 미시시피 강 늪지에서 채집한 굴과 조개 등으로 만든 음식

마지막 이사

교통사고로 장애인이 된 지인의 남편에게 요양원에서 통지가 왔다고 한다. 빈자리가 났으니 입원해도 된다고 알려온 것이다. 요양원은 몸이 불편한 사람에게만 허용되는 입주조건이 따른다. 자리가 났다는 얘기는 누군가 죽어 나갔다는 뜻이고 그 빈자리에 들어간다는 것은 나, 또는 가족이 그런 상황을 인지하고 취하는 결단이다. 그런 자리를 오랫동안 줄을 서서 기다리는 게 요즘의 추세지만 그렇다고 오늘내일 사이에 입원 여부를 결정하는 건 보통 일이 아니다.

내가 이 세상을 떠나야 할 그 '때'를 짐작하기란 어려운 일이다. 요즘처럼 부부가 노경을 단둘이 살아가는 경우, 그 어느 쪽이 먼저 죽으면 남겨진 사람은 먼저 죽은 사람을 부러워하는 세태가 되었다. 자식들은 어디 있느냐는 말이 나오게 마련이지만, 오늘날 가족에 대해 올바른 정의를 말해 줄 사람은 있을 것 같지 않다.

자식들을 다 떠나보내고 늙은 두 얼굴이 달랑 남겨진다. 이전에 보지 못했던 깊은 주름살과 구부러진 왜소한 몸체에 새삼 세월이

벗겨낸 늙음의 실태를 그제야 실감한다. 그래도 마주 보는 두 얼굴이 있는 동안은 사람의 냄새가 나면서 서로에게서 묻어나는 정도 있고 세상이 내 집안에 들락거려 내가 세상의 시간 속에 있다는 안심도 있어 아직은 세상이 살 만하다.

언제부터 삶의 모습이 이렇게 변했는가. 근대까지만 해도 사람들은 죽음과 삶을 자연스럽게 받아들인 것 같은데, 가족이라는 집단이 무슨 고물처럼 뒷자리로 밀려나면서 죽음에 대한 인식이 가치를 잃은 것 같다. 살아간다는 것은 죽음과 삶을 양면에 끼고 가는 극한적 현실의 고락이기에 가족이라는 울타리가 방패 역할을 하며 같이 세상을 마주하며 배워가는 게 아니었던가. 생사의 문제는 의당 가족의 몫이었기에 늙은이에게는 살아온 수고만큼의 대우를 하는 게 일상의 예우였다.

7년 전, 나도 남편을 요양원에 보낸 일이 있기에 지인의 난처한 처지가 쉽게 짐작되었다. 14년을 앓던 내 남편은 마지막 한 해를 요양원에서 살다가 죽어 요양원 뒷문으로 실려 밖으로 나왔다. 인지능력이 최악의 단계까지 이른 상태이긴 했지만, 마지막 한 해를 견디지 못하고 요양원으로 떠나보낸 나의 선택은 지금도 아픔으로 남아있다. 출가한 자식들이 나름대로 효심을 발휘한다는 것을 이해하지만 조석(朝夕)을 같이하지 못하는 자식들에게 늙은 부모는 할 말이 없다.

24시간 감시를 필요로 하는 그의 병에 요양원은 내게 쉬는 시간을 주었다. 가족의 손이 미치지 못하는 형편을 고려하여 만든 시설이기에 내겐 자유스러운 시간이 될 수 있었다. 하지만 나는 매일 그를 찾아갔다. 남편의 기저귀가 흠뻑 젖어있는 것을 보았고, 제 방을 찾지 못해 남의 침대에 누워있는 모습을 종종 보았기 때문이다.

그런 나를 보며 요양원에선 기저귀가 젖어서 죽는 일은 없다고 위로했지만, 나에겐 죽고 사는 일에 앞서 남편의 그런 꼴이 용납되지 않았다. 그가 앓은 13년을 그의 곁에서 이치에 맞지 않는 언행을 받아주고 혼돈된 감정을 조율할 수 있었던 것은 우리가 가족이라는 울타리 안에서 서로의 인생을 의탁하고 개발하고 의지할 수 있는 연륜을 쌓아 왔기 때문이었다. 백발이 되도록 그렇게 살아온 내가 마지막 한 해를 그에게서 한 발짝 물러서 있었다. 표현을 못하는 그였지만 나는 울고 있는 그를 안다. 그 가슴에 내 가슴을 얹어 나도 울었다.

인생은 갓난아이라는 새싹으로 아름다움이 핀다. 깨질세라 손이 닳도록 보살피는 수고를 천만금의 보화와 비교하는 사람은 없을 것이다. 하나의 생명을 인간으로 만들어 내는 과정에 보람을 느끼고, 그 노고에 가치를 부여할 줄 알기 때문이다. 태어나고 죽어가고, 그렇게 신비한 생사의 노정을 가면서 '내가 왜 살아야 하는가?'하고 회의하지 않는 사람은 없을 것이다. 그러면서도 사람이 살아가는 것은 가족이라는 또 하나의 신비가 있어 근원적 삶의 힘이 거기에 있기 때문이다.

요양원은 훌륭한 복지제도다. 그러나 제도의 기능엔 한계가 있게 마련이고 그 한계가 빚는 역기능도 있다. 사랑을 먹고 살아온 인간이 제도적 운영체제 아래로 추락할 가능성도 부정할 수는 없다. 현실은 인간에게 초 감성적 결단과 냉정한 이성을 요구하지만 나는 지금도 요양원 뒷문으로 실려서 나온 그를 생각하면 눈물을 흘리지 않을 수 없다.

아득한 문 안으로 더 멀리 열려있는 미지의 공간, 뚜벅뚜벅 땅을 치는 노인의 지팡이가 울린다. 정은 집에 두고 몸만 간다. 이사를 간단다.

이 순

Fayelee55@hanmail.net

김치국밥
이 말 좀 꼭 전해 줘요
인생은 트레일
하늘 채

김치국밥

지난 20여 년간 이민의 삶을 떠올려 본다. 새로운 세상에서 시작된 처음 몇 년간의 삶은 살아가는 것이 아니라 살아내고 있다는 표현이 맞았다. 낯설고 불편한 세상에서 예기치 못한 사건이라도 생기면 고통 때문에 더욱 지탱하기 어려웠다. 그러나 고통은 극복하는 것이 아니라 견뎌내는 것이라는 말을 떠올리며 스스로를 위로하기도 했다. 인생이라는 빵의 두 가지 재료가 고통과 사랑이라면 고통은 이미 있으니 사랑만 있으면 되는 거였다. 하지만 새로운 세계에서 살려면 적응이라는 근육도 필요한 것을 알았다. 적응해 가는 방법으로는 푸근한 고향 같은 옛 음식과 사랑을 그리워하며 살아냈던 것 같다.

터울 많은 언니가 저녁 무렵 일을 끝내고 달려와 쌀독을 연다. 어스름 속에서도 바닥이 흘깃 보였다. 언니의 잰 손안에 한 줌도 안 되게 쥐어진 쌀알이 양은 냄비 속에서 조심스레 씻기고 그 안에 마른 멸치 서너 마리가 휘익 던져졌다. 장독대로 총총히 달려간 언니는 하얀 모자를 뒤집어쓴 뚜껑 하나를 쓰윽 젖히고 엄마가 아껴놓은 김장김치 한 포기를 꺼내와 쫑쫑 썰더니 냄비 안에 밀어 넣고 가득 물을 안쳤다. 그렇게 성큼성큼 만들어진 김치 국밥 안에 네다섯 개의 숟가락이 꽂히고 삼발이 밥상 가운데에 놓였다. 달랑 국밥 하나 올려져 있지만 허기진 사 남매는 밥상을 중심으로 우르르 모여들었다. 그리고 모락모락 김이 나는 국밥 안에서 가끔씩 수저들만 부딪혔을 뿐 우리는 아무 말도 하지 않았다.

새콤한 뒷맛과 함께 착착 입에 감기던 보드라운 김치 잎, 푹하니 무른 배추 잎사귀는 나풀나풀 허옇게 잘도 풀어져 있었다. 서너 마리 던져졌던 멸치도 희붐하게 고아져 있었다. 당시에 예닐곱이나 되었을까, 나는 요리조리 숟가락을 돌려가며 뜨겁게 올라오는 김을 후후 불면서 천장을 향해 동그라미를 만들며 먹었다. 고기도 안 보이는데 이 맛은 무엇일까? 그러다 아, 맛있어 종알거리면 언니는 '그래 그 말 안 해도 되니까 많이 먹어라' 했다. 그리고 별로 먹은 것 같지도 않았는데 일찍 숟가락을 내려놓았다. 배도 안 고픈 모양이었다. 언니, 왜 안 먹어? 벌써 배불러? 라고 물으면 대답 대신 '입천장 데일라, 천천히 먹어' 했다.

금 나와라. 뚝딱하는 요술쟁이처럼 순식간에 국밥 한 냄비 만들어내는 언니가 나는 참으로 신기하고 믿음직스러웠다. 편찮으신 외할머니 댁에 가신 엄마가 오랫동안 집을 비웠어도 나는 언니만 있으면 그저 좋았다. 언니는 내게 엄마와도 같은 존재였다. 나는 조금 큰 다음에야 언니는 배고픈 동생들을 위해 먹는 둥 마는 둥 일찍 숟가락을 놓았다는 것을 알았다. 사 남매가 먹기에는 그 국밥이 턱없이 모자랐던 것이다.

학자였던 아버지는 어느 날 갑자기 선박 사업을 한다고 한동안 분주하시더니 그 동업은 한 가정의 경제적 몰락으로 끝이 났다. 그리고 우리 가족은 잠시 가난이라는 환경 속에 익숙해져야만 했다. 끼니조차 때우기 어려웠던 그 시절, 겨울철의 김치 국밥은 아주 좋은 메뉴였다. 쌀을 조금만 가지고도 많은 양의 국밥이 지어졌고 추위와 배고픔에 허기진 배를 달래기에는 이보다 더 따듯한 음식은 없었다. 어떤 진수성찬보다 훌륭했었던 가장 큰 이유는 요술쟁이 언니가 만들어 내는 경이로움 때문이었다.

유난히 한식을 선호하는 나는 뷔페 같은 레스토랑을 가도 뜨거운 흰밥을 제일 먼저 찾는다. 그리고 한 주걱 꼭 접시에 담는다. 늘 먹어도 질리지 않는 밥, 내게 늘 우선적인 의미가 되는 밥 한 주걱을 풀 때마다 이 밥처럼 나도 누군가에게 꼭 필요한 존재가 되고 싶다는 생각을 한다. 누군가에게 사랑의 양분이 되어 진다면 얼마나 좋을까 생각한다. 추운 겨울 직장에서 분주히 돌아와 동생들을 위하여 언니가 만들어 내었던 사랑의 밥상처럼 말이다.

수십 년이 흐른 지금에도 나는 그 국밥의 사랑을 잊을 수가 없다. 유난히 몸과 맘이 아플 때면 언니의 뜨거운 김치 국밥은 간절해진다. 그 김치 국밥 한 그릇을 비우고 나면 모든 문제가 김치국밥 속의 배추 잎사귀처럼 스르르 풀어 질 것만 같다. 오늘도 여느 때처럼 돌아와 저녁밥을 짓는다. 되지도 않고 질지도 않게 잘 퍼진 고슬고슬한 밥을 만들기 위해 밥물을 살핀다. 하얗게 눈이 내렸던 날 부리나케 김치국밥을 만들던 언니가 냄비에 안쳤던 물을 생각하면서. “그 말 안 해도 되니까 많이 먹어라.” 하는 언니의 음성이 들리고 난 언니한테 미처 하지 못한 말을 떠 올린다. “언니, 나 많이 먹으려고 그때 맛있다고 말한 것 아니었어.”

이 말 좀 꼭 전해 줘요

누군가 밖에 홍등을 켜 두었나?

저녁밥을 짓고 있는데 밖이 너무나 환했다. 아니 불이 나는 것처럼 붉었다. 빨리 나가 보라고 마음이 하도 시끄러워서 먼저 빛을 따라가 보기로 했다. 대문을 열자 빛은 기다렸다는 듯이 홍수처럼 밀려들었다. 표현할 수 없는 황홀함이었다. 그 주체는 석양을 받고 있는 단풍나무, 대문 맞은편에 서 있는 나무에 노을빛이 쏟아져 내렸고 그 빛이 유리 현관문을 관통하면서 그토록 수런댔던 것이다.

가을이면 붉고 풍성한 단풍으로 동네에서 위용을 자랑하는 나무였다. 가을이 짙어지자 떨어낸 지체들이 이 세상엔 단 하나뿐인 독특한 문양의 카펫을 만들어 놓고 있었다. 난 잠시 그 레드카펫의 귀빈이 되어 빛의 정원에 섰다. 그리고 향연의 자리에서 낙엽 하나를 주워들었다. 꼭 生과 닮았네… 추락했지만 결코 끝나지 않았다는 비장함을 한 잎의 낙엽에서 보았다. 몇 줄의 빗금은 한 줄의 빗장으로 나누어져 있고 빗장 걸린 설움은 화려함이 채우고 있었다. 설운(雪雲) 사연, 왜 또 없었을까. 너와 나의 다른 무게로 휘청거리면서 짓밟혀 바스러지기도 하고 이간질하는 바람에는 금빛 홍 빛 휘감으면서 의연했을 것이다. 질펀한 사연의 낙엽들을 보면서 생명의 끝이 연상되는 것은 당연한 것인지도 몰랐다. 그나마 상처 입지 않은 단풍잎 하나를 가지고 들어왔다. 두꺼운 책 하나를 골라 조심스레 꽂아 넣고 책을 덮었다. 고단한 삶 인제 그만 쉬라고 손바닥으로 꾹 한 번 눌러 주었다.

그녀가 뉘일 장지에서 발인 예배가 있던 날도 그렇게 머리 위로 낙엽들이 떨어지고 있었다. 조용한 바람과 따스한 햇볕을 받으며 떨어질 자리를 모색하는 듯 하나씩 둘씩 천천히. 마치 그녀가 자기의 누울 자리를 살피면서 한 잎씩 떨어트리고 있는 것처럼 보였다. 한 잎의 낙엽에서 억겁의 세월이라도 본 듯한데 찰나의 세월을 살다가 잠들어 있는 그녀의 자주색 관을 보았다. 문상객들이 올려놓은 빨강, 분홍, 하양 장미 송이들… 예쁜 꽃들이 하나도 아름다워 보이지 않았던 것은 저들도 곧 스러져 버릴 것을 알기 때문이었다.

녹색이 싱그럽던 어느 봄날, 어떤 단체의 야외 모임이 있는 공원에서 그녀를 처음 만났다. 이민을 결정하고 모든 것이 새로울 삶의 터전에서 좋은 친구 하나 있으면 참 좋겠다고 생각했었다. 텅 빈 장소에서 새롭게 시작하는 인생을 무엇으로라도 채우고 싶어서, 채워야 할 것 같아서 간절히 원한 것이다. 미지의 공터를 나름의 의미로 그렇게 채우다 보면 덜 외롭고 덜 어색할 것 같았다. 그런 내게 그녀가 친구 하자며 적극적으로 다가왔다. 샌드위치 가게를 하는 그들 부부는 이민의 나라에서 자기 나라처럼 살고 있었다. 우선은 유창한 영어가 그들을 그렇게 만든 것 같았고 어떤 장소와 대상을 불문한 그녀의 긍정적 언변은 사람을 기분 좋게 하기에 충분했다.

매사가 어설프고 낯설어하는 이방인에게 그녀는 좋은 인도자가 되어 주었다. 캐나다의 명소를 데려가는가 하면 명절 때는 자기 집으로 우리 가족을 초대하여 이국에서 처음 맞게 될 명절의 외로움을 덜어 주기도 했다. 동년배의 두 딸과 남편들 성격까지 비슷하다는 공통분모 때문에 우리는 서로의 집을 오가며 사귀기 시작했다. 일상의 소모품에 대해 말하면서도 가슴 켜켜이 쌓이는 귀중품에 대해서도 말했다. 맑기도 하고 흐리기도 한 날 중에 쉽게 해 저물지 않는 힘겨운 날은 여지없이 서로를 불러내었다. 그리고 속내를 드러내며 울기도 하고 웃기도 했다. 사는 것이 끊임없이 쌓이는 먼지를 닦아내는 것과 같다는 것에 망설임 없이 동의하면서도 그 먼지는 도대체 왜 쌓이는 거냐며 성토했다. 고통의 내용이 비슷할 때면 더욱 그랬다. 빈 공간이 주는 허무가 그렇게 채워지고 있었다. 우리의 생명 자체가 어디 기대지 않으면 살아갈 수 없도록 그렇게 만들어져 있나 보았다. 어느새 우리는 서로의 공터가 주는 삭막함을 조금씩 잊어 가고 있었다. 한 사람이 한 사람을 알아간다는 것은 정말 가슴 설레는 일이었다.

그러던 어느 날 그녀가 전화를 해 왔다. 자꾸 배가 고무풍선처럼 불러오는데 왜 그럴까 하면서. 대수롭지 않게 여겼던 그 증상은 곧이어 대수술로 이어졌고 암세포는 7년의 세월 동안 예쁜 그녀를 점점 망가뜨려 가고 있었다. 죽음의 어두운 그림자 밑에 서게 되면 생각도 행동도 어두움에 침식되어 서글퍼지기도 할 것이다. 그러나 그녀는 변하지 않았다. 그녀의 재담과 웃음은 죽음을 앞에 둔 사람 같지 않았다.

좋은 곳에 있고 좋은 음식을 먹으면 사랑하는 사람이 생각나기도 하고 함께 있고 싶어진다. 마침 심코(Simco) 호숫가에서 하는 일박이일의 호반문학제에 그녀와 동행하기로 했다. 그리고 그 날, 호반을 배경으로 한 문학 세미나에 그녀는 흠뻑 취했다. 자유 시간이 되었어도 다른 지인들과는 나눔의 겨를 없이 그녀에게만 치중했다. 트레일 코스를 거닐면서 서로의 삶을 만졌고 순서는 모르지만 누구나 맞게 될 죽음이라는 것에 대해서도 막힘없이 나눴다. 그러다 힘들면 바다 같은 호숫가 납작 돌에 나란히 쭈그리고 앉아 "초록빛 바닷물에 두 손을 담그면~~~" 동요를 부르면서 두 손이 정말 파란 하늘빛 물이 드는지, 어여쁜 초록빛 손이 되는지도 살폈다. 그리고 밤에는 달빛이 쏟아지던 뒷마당 모닥불 위에서 구워내진 옥수수와 머시 멜로우를 먹으며 달을 노래했었다.

숙소로 돌아와 침대에 누웠을 때, 그녀가 두 팔을 한껏 위로 뻗쳐 올리면서 상기되어 말했다. "아~ 너무 좋다~ 이렇게 좋은 공기 마시면서 아름다운 것도 보고 맛있는 것도 먹고 좋은 시간을 보낼 수 있어서. 나중에 이 말 좀 꼭 좀 전해 줘요, 근데 그 친구 죽었다고." 그 말이 끝나는 동시에 우리 둘은 커다랗게 웃어 젖혔다. 그 웃음은 작은 공간에서 배회했고 마음에는 까만 획이 획~ 그어지고 있었다. 그리고 그 웃음은 집에 돌아와 남편에게 친구의 안부를 전할 때 눈물로 변했다. 가장 아름답고 가장 호탕한 웃음을 웃어대던 그녀, 그녀는 결국 갔다.

나 역시 한 송이의 장미를 관 위에 놓으며 꽃대를 지그시 눌렀다. 60여 년 삶의 이야기가 묻히기에는 너무 좁은 땅을 바라보며 나는 한동안 못 박힌 듯 서 있었다.

인생은 트레일

마음을 진정시키기 위해 책상 앞에 앉았다. 창밖의 저녁 풍경이 고즈넉하다. 간간이 바람에 나부끼던 정원의 구절초며 단풍나무도 미동조차 없다. 일상의 해거름에서 그들도 쉬고 있는가 보다. 마치 적막강산에 앉아 있는 듯하다. 찌르르~ 매미 울음소리가 갑자기 귓전을 때린다. 정적 속에서나 들을 수 있는 전류의 흐름일까?

며칠 전 지인을 만나 그녀의 자식에 대한 이야기를 들었다. 그리고 그 이야기는 몇 날이 지난 지금까지 여전히 가슴 안에서 배회하고 있다. 남의 일이라고 방관하기에는 너무 안타까운 현실이다. 나도 부모이기 때문이다. 이야기를 들으면서 30여 년 전 꾸었던 한 꿈이 다시 생각났다. 가끔씩 이 꿈이 또렷하게 생각나곤 한다. 그때마다 무슨 꿈일까? 어떻게 해몽을 하면 좋을까 싶어 그 꿈의 정체를 다시 더듬어 보곤 한다.

커다랗고 시꺼먼 괴물이 집 안으로 들어오려 하고 있었다. 모든 것을 삼킬 기세였다. 너무나 무섭고 두려웠다. 그 거대한 괴물을 막기 위해 죽을힘을 다해 팔을 휘둘렀다. 하지만 달려드는 물체에 비해 나는 턱도 없이 작았다. 그렇게 허우적대기를 오래, 그 시꺼먼 공룡(?)은 들어오는 것을 포기한 듯 방향을 돌려 날아올라 갔다. 나도 양쪽 팔을 한껏 벌려 날았다. 한참을 그렇게 날며 쫓아냈다. 너무 힘이 들었다. 꿈이었다. 아침에 일어나니 팔이 끊어 질듯이 아팠다.

인생을 살아가면서 맞게 되는 비극이나 고통을 이 꿈에서처럼 쫓아낼 수만 있다면 얼마나 좋을까 생각해 본다. 특별히, 자식에게 찾아오는 환란이나 고통은 더욱 그러하다. 사랑하는 자식에게 일어나는 사건들을 잔디 깎는 기계처럼 깨끗하게 잘 정리해 주는, 요즘 세대말로 '잔디 맘'이 되어도 좋다. 아니 거기서 더 나아가 자녀들의 머리 위를 정찰하고 있다가 혹시 무슨 일이 일어나겠다 싶으면 재빨리 내려와 해결해 준다는 '헬리콥터 맘'이라도 좋다. 억지로 날아 올린 두 팔이 내 육체에서 처참하게 떨어져 나간다 해도 자식을 위해서라면 얼마든지 감당할 수 있을 것 같았다. 앞 못 보는 자식에게 세상을 볼 수 있도록 당장에 내 눈이라도 빼주고 싶은 것은 아마 모든 부모의 동일한 마음일 것이다. 자식의 불행은 곧 나의 아픔이므로.

이렇게 너나 내게 똑같은 그 무한한 자식 사랑, 그 자식이 한 번도 아니고 두 번씩 결혼의 파경을 맞게 되었다면 그것을 보는 어미의 심경은 어떠할까. 막을 수만 있다면 있는 힘을 다해서 막아 주고 싶었으리라. 가슴이 다시 먹먹해져 온다. 어디서부터 잘못되었을까를 생각해 보았다.

가끔씩 그녀의 이야기를 하염없이 들어 줘야만 할 때가 있었다. 온전한 가정을 이루지 못하고 있는 데서 오는 그녀의 목마름은 갈비뼈 사이사이에서 쇳소리를 내고 있었다. 하얗게 절여진 가슴을 씻어내고 말려보자며 개키고 어루만지기도 하는 것 같지만 여전히 눅눅하고 쉰내 나는 빨래였다. 그녀의 주체치 못하는 이야기의 실타래는 끝이 없었다. 쉴 새 없이 들려지는 그녀의 푸념과 원성은 결국 채워지지 못하고 있는 가슴 한편의 외로운 한 마당이었다. 전화상으로 마주 잡고 있으면 팔이 저려오기도 했다. 동의되지 않는 부분에서는 살짝 지루해지기도 하고 시간이 아깝기도 했다. 그러나 이제는 그런 부분까지 나는 건너뛰어야 한다. 그리고 많은 시간을 함께 있어 주고 들어 줘야 한다는 각성과 새로운 다짐이 반성과 함께 찾아 들었다. 이제는 이 분의 이야기를 인내를 가지고 듣기로 나와 약속을 한다. 가까이에서 지켜보던 그녀의 신산한 삶을 이제는 반론 없이 그냥 통째로 이해하기로 한 것이다. 왜냐하면 그녀마저 치명적인 건강의 악화로 하루가 다르게 그 모습이 변해 가고 있기 때문이다.

두 남녀가 만나 결혼을 하면 한 집안에 네 사람이 살고 있다고 생각해야 한단다. 남편과 남편의 어린 시절의 아이 그리고 아내와 아내의 어린 시절의 아이 이렇게 넷 말이다. 그만큼 어린 시절의 상처는 그 아이가 어른이 되어서까지 인성에 심각한 영향을 미치기 때문인 것 같다. 상처 때문에 웅크리고 있는 배우자 마음 안의 작은 아이를 이해해 주고 서로를 보듬어 주며 살아야 한다는 이야기이다.

인간의 관계 중에서 가장 어렵다는 부부관계, 그 관계를 그녀의 자식은 두 번이나 실패하고 말았다. 이 슬픈 사연은 그들의 부모 세대에서부터 이미 시작된 것이었고 다시 이대, 삼대로 이어지고 있음을 목격하면서 이토록 기진한 그녀의 삶의 끝은 무엇일까 두려워지기까지 한다.

지난 주말, 허클리 밸리(Hockley Valley)의 심산을 트레일 코스를 따라 걸었다. 누가 여기를 절벽이라고 하지 않겠는가 하면서 숨을 헉헉대며 오르고 나서는 저 낭떠러지 밑의 숲과 함께 어우러지는 주변의 경관에 취해서 숨길을 멈추곤 했다. 그 길은 급격한 오르막이었다가 다시 내리막이 되기도 했다. 오르막과 내리막이 알맞게 놓여있던 그 산, 마치 인생길과 같은 그 트레일(trail) 코스를 걸으면서 또다시 그들이 연민으로 찾아왔다. 여태껏 그들 앞에 오르막만 있었으므로 이제는 곧 내리막과 함께 평지가 펼쳐지기를 바란다. 주저앉히지 못하는 그 연민은 이왕이면 인생길을 둘이 걸어야 할 텐데 하는 안타까움으로 바뀌고 평탄해지는 길목에서 잠시 심호흡을 했다. 절대자의 능력 앞에 우리의 연약함을 탄식으로 고백하면서.

하늘 채

엄마는 이미 나의 엄마가 아니었다.

세월의 무게가 엄마를 짓누르고 있었다. 누런 낙엽이 와사삭 부서지는 소리가 들렸다.

'헉' 하는 놀라움을 순간적으로 덮고 아무도 들리지 않게 깊은숨을 내쉬었다. 피골이 상접해 있는 어머니의 모습은 겨우 한 줌밖에 되지 않았다. 가장 빈곤한 언어로밖에 설명이 안 되는 그곳, 하늘 채에 들어가신 몇 년에 대해 말할 때는 늘 낭떠러지 위에 서곤 한다.

우리의 눈과 잠시 마주쳤을 뿐 어머니의 눈은 허공에 머물고 사람도 잊고 감정도 잊고 말도 다 잊은 듯 보였다. 일 년 만에 다시 뵙게 된 어머니는 두어 시간 동안 겨우 세 마디만 웅얼거렸을 뿐이다. 그런 음이라도 잡기 위해 엄마 입에 귀를 바짝 갖다 댔다. 하지만 손가락 사이에서 연기처럼 빠져버리고 말았다. "아이고, 우리 새끼들이구나, 우리 큰아들, 여긴 우리 큰 딸, 또 우리 막둥이…"하셨을 말들이 엄마의 눈빛과 함께 허공에서 배회했다.

이불 밑에서 늘 책상다리를 하고 있었던지 두 다리는 엑스(X)자로 접혀 있었다. 조심스럽게 한쪽 다리를 풀려 했을 때, 희미하게 들리던 '아파~~', 그것은 어떤 단말마보다 커다란 외침의 비명이었다. 그 고통은 그대로 내게 전이되었고 "그래그래, 엄마, 아프구나, 안 그럴게, 안 할게" 하면서 나는 엄마를 와락 껴안았다. 다 잊으신 줄 알았는데 그 단어는 어찌 기억하고 있었을까?

봄! 수년 전의 그 절망의 봄이 고스란히 다시 내게 찾아오고 있다. 피폐해진 심신의 엄마를 하늘 채 요양원에 남겨 두고 나오던 그 봄, 빛의 4월은 하나도 눈부시지 않았고 후드득 떨어지던 눈물은 벚꽃과 함께 흩날렸다. 작은 돌멩이들 옆에 올망졸망 피어나는 제비꽃은 더 이상 사랑스럽지 않았고 유채꽃의 넘실거림도 전혀 싱그럽지 않았다. 그런 봄이 그렇게 몇 해째 찾아오고 올해도 엄마를 중심으로 각각 외국에 살고 있는 우리 오 남매는 다시 고국에 모였다.

'아니 왜 우리 엄마가 이 자리에 계시지?'라는 물음을 아무도 입 밖에 내지 않았지만 저마다의 마음 한 귀퉁이에 한 줌의 어머니가 웅크리고 계셨다. 자식들이 하나둘씩 자기 삶을 찾아 외국으로 떠나갈 때 엄마는 알츠하이머가 되는 지름길인 짙은 외로움에 갇히기 시작했다. 어쩌다 고국에 오게 되면 조금씩 기억을 상실해 가는 엄마를 만나야만 한다.

엄마를 이렇게 혼자 둘 수 없다고, 더 이상은 아닌 것 같다는 생각이 들었다. 그러나 아무도 먼저 입 밖에 내지 못하던 "요양원", 나는 용기를 내어 언니 오빠들을 대신해서 말했다. 엄마를 혼자 두지 말고 이제 요양원에 모시는 것이 어떻겠냐고. 도저히 미룰 수 없는 시기는 찾아왔고 생신을 차려 드린 다음 날 엄마가 있을 언덕에 대해 이야기 했다. 오늘? 하는 엄마 눈에서 잠깐 물기를 보았다. 나름대로 마음의 준비를 하고 계셨던가? 목젖이 아파왔다.

어머니를 그곳에 맡겨야만 했던 상황이 이제 내게 죄책감으로 서럽게 밀려들고 '그때 나만이라도 어머니 곁을 떠나오지 않았다면 엄마의 치매를 막을 수 있었을까?' 하는 후회가 가슴을 조여왔다. 20여 년 전 가방 속의 물건 꺼내듯이 쉽게 이민이라는 말을 꺼내고 떠나와 버린 딸이 인제 와서 과연 무슨 말을 할 수 있을까!

가장 완강한 가파름을 가장 연약한 힘으로 추스르며 살아온 어머니, 한국을 나가게 되면 한 움큼의 기억이 엄마에게서 숭덩숭덩 빠져있는 것을 본다. 어둠 속에 빗방울이 떨어지듯 가슴이 먹먹해져 오고 있는데 어머니의 앙상한 손이 가만히 다가가 큰오빠의 볼을 쓰다듬었다. 살짝 고개를 주억거리더니 이제는 큰언니의 뺨을 몇 번 토닥거렸다. 섬광과도 같은 기억이 뇌를 자극했는지 자식들을 돌아보고 있었다. 그리고 내게로 오는 일별, 가슴이 뭉클해졌다. 아, 이제는 내 뺨을 어루만져 주려 나보네 하는 기대와는 달리 엄마의 눈은 아래로 향하고 말았다. "엄마, 나도 만져줘야지," 몇 번을 칭얼대 봐도 무심할 뿐이었다. "막둥이예요, 캐나다에서 왔잖아"하는 작은 언니의 애타는 설명에도 아랑곳없이 시선은 다시 허공을 맴돌았다. 가슴에 그리운 자식들을 담고도 보지 못하고 살았던 것이 하도 눈물 나는 일이어서, 슬프고 안타깝게 혼자 견뎌내야 했던 시간에 하도 익숙해져서 엄마의 눈빛은 그렇게 비통의 절벽 앞에서 베어지고 말았나 보다.

각각 제 나라로 떠나가기 며칠 전, 오 남매가 모여 엄마를 다시 뵙는 날짜를 정하고 있었다. 이때 작은 오빠가 단호하게 말했다. “한꺼번에 가지 마세요!” 하도 그 말이 엄중해서 듣고 있던 4남매는 경직되었고 우린 잠시 침묵했다. 잠깐의 정적이 흘렀다. 무슨 일이 있었을까? 청천벽력과도 같은 무슨 이야기가 있는가? 그 날, 우리가 잠깐 그렇게 다녀간 후, 엄마는 소리 내어 울기 시작했단다. 커다랗게, 아주 커다랗게… 끊어졌던 눈물이 다시 액체로 흐르기 시작했고 요양원의 온 직원들이 놀라서 달려와 엄마를 껴안고 함께 울었단다. 그들의 눈물의 의미는 무엇이었을까. 입원해 있는 외로운 한 노인의 감정에 대한 공유였을까, 아니면 연로하신 분의 순탄치 못한 건강을 보면서 인생에 대한 슬픈 탄식이었을까? 아무도 말하지 않았어도 우리는 모두 알고 있다.

엄마의 체온이라도 느낄 수 있으니까 이렇게라도 더 살아계셨으면 좋겠다는 큰오빠와 식욕 촉진제를 무한정 드리는 것은 바람직하지 않고 또 엄마도 아시면 원하지 않을 것이라는 큰 언니의 대화를 들었다. 이제 곡기마저 끊어서 간신히 수액으로 연명하고 있는 엄마는 그럼 어떻게 되는가? 갑자기 불안해지기 시작했다.

엄마가 안 계셔도 고국은 여전히 그리울런가, 희뿌연 검단산은 오늘도 길게 뻗어 있고 그 산자락 길이만큼 하늘 채 언덕길은 눈물길이다.

유연훈

vivinayou@hanmail.net

물김치

밥상에 오른 물김치를 떠먹으며 남편이 물었다. "여기에 뭐, 뭐 넣었어?" 무심한 억양이었다. 맛이 있어서 묻는 건지, 없어서 묻는 건지 의중을 알 수 없었다. 나도 시큰둥하게 대답했다. "무하고 파, 마늘, 생강 그리고 새우젓 국물. 아, 배도 한 개 들어갔어." 하며 남편의 숟가락질을 살폈다. 칭찬에 인색한 그답게 끝까지 맛있다는 말은 접어둔 채, 김치 그릇의 바닥이 드러날 때까지 숟가락을 바쁘게 움직였다. 김치는 늘 같은 양념으로 똑같이 담가도 매번 같은 맛이 나는 게 아니었다. 나는 곧잘 김치 맛을 장담할 수 없다는 표현을 운수소관이라고 말하곤 하는데 이번엔 그 운이 통했나 보다. "맛있다는 거지?" 오금을 박듯 꼭 집어서 물었다.

그는 마지못해 고개를 까딱하는 것으로 답을 대신했다. 보면 알잖아, 하는 눈빛에는 왜 굳이 말을 시키느냐는 불평이 서려 있었다. 아주 사소한 것에라도 인정을 받는다는 것은 기분 좋은 일이다. 비중과 관계없이 자기 긍정이 되고, 더 잘해야겠다는 의지도 생기게 된다. 돈 드는 일도 아닌데, 이왕이면 '맛있다' 한 마디 해주면 좋으련만 한결같은 인색함이 얄미웠다. 그러나 구태여 맛있냐고 확인까지 한 것은 젓가락 부딪치는 소리가 전부인 밥상에서 대화거리를 건지기 위해 미끼를 던진 것인데, 눈치도 없는 그는 고갯짓으로 미끼를 지나쳤다. 저렇게 말을 아끼고 살면 치매 걸리는 거 아닐까, 은근히 걱정되었다.

둘이 먹는 밥상 분위기가 멀건 물김치 같다. 활어로 먹기 위해 잡은 물고기를 오래 살아있게 하려면 운반 수조 안에 천적의 물고기와 함께 넣어둔다고 한다. 잡아먹히지 않으려고 도망 다니는 스트레스가 오래 버티는 힘이 된다는 것이다. 나는 별일도 아닌 것으로 슬쩍 딴지를 걸어 적막한 밥상에 생기를 기대하지만, 대꾸도 안 하면 심심하게 끝나기 마련이다. 서로에게 익숙해진 부부에게는 사실 대화가 없어도 그다지 불편함이 없긴 하다. 말하지 않아도 표정이나 행동거지만으로도 무슨 생각을 하고 있는지 미루어 알 수 있어서다. 반찬에 자주 손이 가면 입에 맞는 것이고, 슬쩍 뒤로 밀쳐놓으면 맛이 없다는 뜻이다.

후루룩, 마시듯 들이키는 물김치 소리가 명랑하다. 무의 맛을 표현하기는 어렵지만, 무가 들어간 물김치는 분명히 시원한 맛이 있다. '시원한 맛'이란 속이 뻥 뚫리는 듯 소화가 잘될 것 같은 느낌을 한마디로 표현한 것이 아닐까. 어딘가 막혀있는 듯한 일상을 개운하게 뚫어 줄 묘책이 필요함을 깨닫는다. 사는 모습이 다 다르듯이 물김치도 들어가는 재료에 따라 맛과 모양이 달라진다. 김치의 맛을 좌우하는 것은 결정적으로 소금 간에 달렸지만 당근으로 꽃 모양을 만들어 넣기도 하고, 실고추나 잣을 동동 띄우기도 한다. 안주인의 삶에 대한 자세가 어떤지는 물김치만 봐도 알 수 있다. 내가 담근 멀건 물김치가 안일하게 타성에 젖어 사는 내 모습 같았다. 긴장감 없는 일상에 어떤 것을 고명으로 넣어야 멋과 맛이 살아날지 진지하게 머리를 굴려본다.

남편에게 성경을 통독하자고 제안했다. 깨알 같은 글씨에다 너무 두꺼운 책이어서 마음은 있어도 엄두가 안 나 시작을 못 하고 있었다. "시작이 반이라고 하잖아, 하루에 두세 장씩만 읽자. 죽기 전에 한 번은 읽어야지? 소리 내어 읽으면 치매 예방도 될 것 같아." 선뜻 대답하지 않는 그를 어르고 달랬다. 장거리 마라톤을 준비하듯 며칠을 벼르다가 겨우 시작할 수 있었다. 마침 성경책이 두 권이 있어서 한 권씩 차지하고 대장정에 들어섰다. 마치 대화라도 나누는 듯 머리를 맞대고 서너 줄씩 번갈아 읽었다. 일생일대의 과제를 이행하게 되어 마음이 뿌듯했고, 무엇보다 책 읽는 소리가 고요를 깨고 작은 활력을 불어넣어 집안 분위기가 조금 발랄해졌다. 단순하던 일상에 고명 하나가 얹혔다.

은퇴하면 신선놀음하며 살려나 했는데, 닥쳐보니 너무 밋밋해서 놀이는커녕 심심하기 짝이 없었다. 의식주의 절박했던 시절을 지나 책임과 의무에서 벗어나니 짬을 내어 놀던 때가 그리움이 되었다. 한 사람은 신문을 읽거나 핸드폰을 들여다보고, 또 한 사람은 책을 읽거나 컴퓨터 앞에 앉아 시간을 보내고 있다. 누군가 귀를 쫑긋 세우고 인기척을 살핀다면 빈집이라 여길 만큼 조용하게 지내게 되었다. 그저 그렇게 흘러가는 일상이 더없이 감사하지만, 뭔가가 빠져있는 듯 허전한 구석이 있었다. 둘이서 의기투합하여 큰소리로 성경을 읽으니 무슨 대단한 일이라도 한 것처럼 헐렁했던 하루가 조금 단단해진 것 같았다. 무덤덤하던 남편과의 사이에 동지애까지 얻게 된 것은 의외의 덤이었다.

은퇴를 앞둔 친구들이 뭐하며 하루를 지내느냐고 자주 물어온다. 우리처럼 평생 일만 하느라 놀거나 쉬는 것에 익숙하지 않은 이들이다. 갑자기 많아진 자유 시간을 어떻게 처리해야 할지 막막하고 두려운 모양이다. 삶에 대해 기대도, 부부 사이에 거는 기대도 점점 줄어드는 나이에 있다. 슬쩍 물김치를 화제로 올려 경험담을 들려주어야겠다.

실마리를 찾다

감자 포대를 뜯는 중이다. 감자의 무게를 감당하느라 두꺼운 종이로 만들어진 포대의 입구는 몇 겹의 실로 박음질 되어있다. 실 한 가닥만 잡아당기면 술술 풀리기도 하더니, 오늘은 여기저기를 당겨봐도 꿈쩍도 하지 않는다. 가위로 싹둑 잘라버리고 싶은 유혹을 한숨 아래로 지그시 눌러 앉힌다. 포기하면 안 되지… 풀리지 않는 매듭을 요리조리 들여다보며 실마리를 찾으려 애쓰는 자신이 낯설지 않다. 풀리지 않는 글을 붙들고 씨름할 때와 다르지 않기 때문이다.

적어도 한 달에 글 한 편 쓰기로 마음먹었지만 마음처럼 쉬운 작업이 아니었다. 글이 잘 써지지 않을 때는 책이나 읽으며 부담없이 지내고 싶은 유혹에 빠지곤 한다. 글이 좋다는 평을 받으면 자만심에 더 잘 써야겠다는 열의가 일다가도 생각이 엉킨 실타래가 되어 풀리지 않으면 금세 좌절하길 반복한다. 타고난 문학적 자질은 미미하고 감성은 유연성을 잃고 점점 굳어가는 기분이다. 아슴푸레하게 맴도는 느낌을 글 속에 붙잡아 앉히려는 초조함이 꺼져가는 심지에 불을 돋우는 심정이다. 좀 더 일찍 문학에 뜻을 두었더라면, 아니 그리 쉽게 포기하지 않고 조금씩이라도 읽고 썼으면 좋았을 것을, 때늦은 후회가 밀려왔다.

중학교 1학년 때의 일이다. 국어 시간에 가을을 주제로 시를 쓰라고 했다. 교실 창밖을 내다보니 플라타너스 나뭇잎이 운동장에 나부끼며 떨어지고 있었다. 시가 뭔지도 모르고 어떻게 쓰는 건지도 몰랐지만 슬픈 마음이 들었다. "나무가 울고 있다. / 여름을 보내기 위해…." 이렇게 시작하는 짧은 시를 썼는데, 선생님이 수업이 끝나면 교무실로 오라고 했다. 영문도 모르고 갔더니 어디서 시를 베꼈냐고 추궁했다. 울며불며 아니라고 했지만 실토하지 않으면 집에 안 보내겠다고 으름장 놓으며 시집 이름까지 대라는 것이 아닌가. 그 창피스러운 자리를 벗어나기 위해 시집 이름은 모르지만, 언니의 책에서 비슷한 것을 읽은 적이 있는 것 같다고 거짓말을 해야 했다. 그 후로 다시는 시 같은 것은 절대 안 쓰겠다고 자신에게 맹세했다. 나긋나긋한 감성에 재갈을 물렸다.

순진한 시심에 찬물을 끼얹은 사람이 있는가 하면 그늘 속 떡잎을 알아봐 준 선생님도 있었다. 2학년 때 담임선생님을 만나지 않았다면 나는 평생 편지 한 줄도 안 쓰며 살았을지도 모른다. 선생님은 천방지축 사춘기 소녀들에게 어머니 같은 자상함만으로도 인기가 대단했다. 글 쓰는 작가이며 당당한 독신주의자였던 선생님은 감성 충천한 우리들의 우상이 되기에 충분했다, 그리고 누구라도 개인적으로 편지를 보내면 답장을 주겠다며 어떤 고민거리라도 의논해 오기를 바라셨고, 시나 산문도 써서 보내라며 우리들을 자연스럽게 문학의 길로 이끌어주려 했다. 이론적인 교육보다 산교육을 실천하신 분이다. 1학년 때 국어 선생님께 받은 상처는 화인이 되어 나를 망설이게 했지만, 용기를 내어 편지를 보내기 시작했다. 중학생 때 시작한 편지 왕래는 드물게라도 결혼할 때까지 이어졌고, 선생님께 쓰는 편지는 나의 유일한 문학적 활동이었다. 살림과 육아로 내 인생에서 문학적인 요소가 조금씩 빠져나가고 있음을 자각할 즈음 선생님과도 연락이 닿지 않게 되었다.

처음 썼던 시가 칭찬을 받았다면 지금쯤 시인이 되었을까? 닮고 싶었던 선생님의 충언을 저버리지 않았다면 나는 작가가 되었을까? 운명처럼 문학이 내 삶 깊숙이 들어와 있는 지금이다. 가난한 지식과 빈약한 감성으로 무에서 유를 창조하기 위해 내면을 채우려 읽고 또 읽는다. 늦기는 했지만 포기하지 않고 이 길을 끝까지 가려고 한다. 언젠가 차고 넘쳐서 좋은 글 한 편 나오길 소망하면서.

찢지도 말고 자르지도 말아야지. 1m의 법칙을 생각하며 감자포대의 박음질을 한 땀 한 땀 풀 요량으로 차고앉았다. 1m의 법칙은 "아무리 땅을 파도 금이 나오지 않아 포기하고 금광을 다른 사람에게 팔아버렸는데 그 금광을 산 새 주인이 1m를 더 파 내려가자 노다지가 나왔고, 그는 큰 부자가 됐다."는 데서 유래했다. 앞면에서 실을 한 땀 뽑아내니 뒷면의 땀이 느슨해지며 풀렸다. "그래, 천천히 한 땀씩!" 주문처럼 되뇌며 실을 당겼는데 한순간 실이 맥없이 술술 풀어지는 게 아닌가. 마음이 급하면 허방을 짚기 마련인가 보다. 조금만 주의해서 살폈다면 금방 포대를 열었을 것을… 컴퓨터 화면 앞에서 글의 실마리를 찾아 썼다가 지우며 안절부절 포기하고 싶었던 순간들이 꾸짖듯이 스쳤다. 포대를 열었더니 노르스름한 감자알들이 말간 얼굴로 나를 올려다보고 있었다.

무쇠도 오래 쓰면 닳는다

Finch 지하철역은 퇴근 시간이라 버스를 기다리는 사람들로 북적거렸다. 어디선가 소음을 뚫고, "Can you speak Chinese?"라고 묻는 다급한 소리가 들렸다. 서양 여자가 지나가는 동양인을 향해 애절하게 묻고 있었다. 여자 가까이에는 휠체어를 탄 할아버지와 커다란 쇼핑 카트를 잡고 서 있는 할머니가 있었다. 여자는 노부부를 돕고 싶은데 말이 통하지 않아 중국 사람을 찾는 것 같았다. 가까이에서 중국말 소리가 들렸는데, 아무도 나서는 사람이 없었다. 남의 일에 참견하기를 꺼리는 도시인의 생태를 반영하듯 모두 무심하게 지나쳤다. 토론토 도시 전체에 중국 사람이 워낙 많이 살고 있으므로 서양인의 눈엔 동양인이면 일단 중국 사람으로 간주하는 건 무리가 아니지만, 혹시 한국 할머니가 아닐까 하는 생각에 한 발짝 뒤에서 지켜보았다

사람들의 시선이 쏠리자 할머니가 "여기서 기차만 타면 우리 딸네 집에 가는데…"라고 혼잣말을 하며 주위를 살피는 게 아닌

가. 순간 나는 자석에 끌리듯 다가가 "할머니, 어디 가세요?"하고 말을 붙였다. 할머니가 긴 설명을 하는 동안 할아버지는 체념한 표정으로 말없이 앉아 있었다. 할머니의 말이 앞뒤가 안 맞는다는 생각과 치매라는 단어가 동시에 떠올랐다. 할머니와 대화를 포기하고 할아버지에게 가족 전화번호가 있냐고 물었다. 할아버지가 아주 느린 동작으로 작은 수첩을 꺼내 번호 하나에 손가락을 갖다 대었다.

남자가 전화를 받았다. 자초지종을 설명하기 위해 막 '여기 할머니' 소리밖에 안 했는데, "아이, 참… 또 나가면 어떡하냐구!" 단번에 신경질적인 한탄이 튀어나왔다. 노심초사하며 걱정하던 일이 벌어졌을 때의 난감함이 전해져 왔다. 자신이 지키고 있을 처지도 아닌데, 툭하면 집을 나와 길을 잃고, 시도 때도 없이 이런 전화를 받고 찾으러 다녀야 한다면 어느 자식인들 그렇지 않을 수 있겠는가. 그가 미간을 찌푸린 채, 한 손으로 이마를 짓누르며 괴로워하고 있지 않을까 상상했다. 깊은 한숨 끝에 '거기가 어디냐'고 힘없이 물어왔다. 자신은 지금 모시러 갈 처지가 안 된다는 말을 두 번씩이나 하더니, passenger pick up 장소에 모셔다드리면 급한 일을 끝내고 가겠다며 고맙다거나 미안하다는 말도 생략한 채 급하게 전화를 끊었다. 얼마나 마음이 급하면 저럴까 안쓰러웠다.

우리는 모두 누구의 자식으로 태어나 누구의 부모가 된다. 자식의 효도가 아무리 크다 한들 부모의 가없는 사랑을 넘을 수 있겠는가. 언제까지나 자식의 울타리로 건재할 줄 알았던 부모님에게 찾아온 병마 앞에 자식은 쉽게 무너진다. 이제는 부모의 보호막이 되어야 하는 자식의 도리와 책임감, 끝까지 효자가 되고 싶은 마음과 숙명으로 받아들이기엔 너무나 무거운 짐, 감당하기 힘겨운 경제적 부담, 일상을 흔드는 불안과 반복되는 불편한 문제들… 때론 자책하고 때론 회의하며 공허한 원망도 해보는 아들의 고뇌를 측은지심으로 공감할 수 있었다. 허둥대며 일할 남자의 모습과 치매를 앓고 있는 어머니를 돌보느라 늘 종종거리는 친구의 모습이 갈마들었다.

친구의 어머니는 평소 조용하고 온화한 성격이었으나 치매 발병 후, 자주 화를 내고 난폭하게 변해서 친구를 당황하게 했다. 내면에 숨어있던 성격이 '페르소나'을 잊게 되었을 때 드러난 것이 아닐까 싶었다. 맏며느리로, 아내로, 그리고 엄마로서 충실했을 뿐 자신의 감정을 드러내는 일 없이 평생을 살아온 분이었다. 페르소나는 진정한 자신이 아닌 다른 사람에게 보여지는 성격, 즉 사회적 가면을 뜻하는 심리학 용어이다. 자신의 현재를 인지하지 못하게 되었을 때, 무의식 속에 가라앉아 있던 어떤 성품이 치매의 증상으로 드러나는 게 아닐까 싶었다.

무쇠도 오래 쓰면 닳는 법, 사람의 뇌 기능도 문제가 생기는 것은 피할 수 없는 일이다. 나의 무의식 세계에는 어떤 모습들이 새겨져 있을지. 그럴듯하게 포장된 나의 페르소나가 벗겨졌을 때를 생각하면, 두려운 마음과 함께 어떤 마음으로 하루하루를 살아야 할지 헤아리게 된다. 언젠가 내가 나로 살지 못하더라도 나로 인하여 난감한 일이 일어나지 않기를 소망하기 때문이다. 내 안에서 자라고 있는 두려움의 정체가 무엇인지 알기에 친구가 치매 예방에 좋다며 건네준 호두를 냉큼 받아먹는다.

할머니는 타고난 성품이 고운 분 같았다. 아드님이 모시러 온다고 하니까 고분고분 따라왔다. 나는 할아버지의 휠체어를 밀고 할머니는 쇼핑 카트를 끌었다. 집에 갈 시간이 늦어져 마음이 바빠서 인지 길 건너에 있는 passenger pick up장소가 멀게만 느껴졌다. 언제 올지 모를 할머니의 아들을 무작정 기다릴 수 없어, 어디 가지 말고 여기 가만히 계시라고 신신당부하고 돌아서는 마음이 긴 문장 뒤에 마침표를 안 찍은 것처럼 개운하지 않았다. 벌써 내려앉은 어스름이 오늘따라 원망스러웠다.

날개 옷

친구 어머니의 연도(천주교 상장 예식)에 갔다. 살아생전에도 딸들의 보살핌으로 옷맵시가 좋았는데 마지막 가는 길에 입은 옷도 남달랐다. 성가대 단원으로서 교회식의 장례를 위해 많은 분의 연도에 참석했었지만, 친구의 어머니처럼 삼베 수의를 입으신 분은 처음이었다. 캐나다에서 삼베 수의라니… 딸들의 효심이 느껴졌다. 딸이 부모의 수의를 미리 장만해 두면 부모님이 오래 사신다는 말을 듣고 친구가 진작에 마련해 두었던가 보다. 진위를 따질 필요까지는 없으리라. 큰일을 당하고 황망 중에 할 일을 미리 준비하라는 뜻일 것이다. 나도 이민 오기 전에 자매들의 정성만으로 부모님의 수의를 미리 장만했었다.

엄마는 건강하지 않았다. 우리 집은 그렇게 넉넉한 집안도 아니었는데도 언제나 가사도우미가 있어야 했다. 자리를 보전하고 누워계시지는 않았지만, 가랑비에 옷 젖듯이 잔병이 쌓여 고칠 수 없는 병에 이르렀다. 골골 칠십이란 말도 있는데, 엄마는 칠십도 넘기지 못하고 돌아가셨다. 엄마가 돌아가시고 고혈압으로 고생하시던 아버지도 몇 년 버티지 못하고 엄마의 뒤를 따르셨다. 두 분 모두 내가 캐나다에 온 후에 돌아가셔서 병간호나 임종을 지키지 못했지만, 미리 수의를 장만해 놓은 것을 위안으로 삼았다.

육남매 중 다섯째인 나는 모든 집안일에서 한 발짝 뒤에 있었다. 어떤 일이든 언니 오빠들이 나서서 처리했기 때문에 나는 자연스럽게 방관자가 될 수밖에 없었다. 그런데 누구도 입에 올리기 꺼렸던 수의 얘기를 엄마가 먼저 꺼냈을 때, 왜 그 일이 하필 내 차지가 되었는지 모르겠다. 가까운 친인척의 죽음도 없었기에 한 번도 본 적 없는 그 옷을 알아서 대령하라는 것이었다. 아마도 언니나 오빠는 죽음에 구체적으로 개입하는 그 옷에 금기를 가지고 있었던 것 같았다. 나도 이것이 자식의 도리에 맞는 일인지 확신이 없었지만, 비방에 기대서라도 오래 살고 싶은 엄마의 절박함을 알기에 미루지 않았다.

여느 때처럼 광장시장 골목은 시끌벅적했지만 내 귀에는 아무 소리도 들리지 않았다. 머릿속은 텅 비어서 아무 생각도 할 수 없었고, 보자기에 싼 수의 상자를 가슴에 밀착시켜 안고 내딛는 발걸음은 허방을 짚는 듯 휘청거렸다. 죽음에 대한 두려움 때문이었을까, 한 생을 안고 가야 할 옷이라고 하기엔 터무니없이 가벼웠다. 가벼워서 허무했고, 허무해서 이 옷이 엄마의 것이라는 데 동의할 수 없었다. 쇠잔해져 가는 엄마를 보면서도 엄마가 죽을 수도 있다는 생각을 한 번도 해보지 않았다. 태어나서 입는 배냇저고리는 부모님이 마련하고 부모님의 마지막 옷은 그 자식이 장만하는 것은 당연한 이치일진대, 마치 엄마를 죽음으로 내모는 듯한 죄의식 때문에 마음이 갈팡질팡 혼란스러웠다. 이 옷만 아니면 엄마가 영원히 살아계실 수 있을 것 같은 터무니없는 망상에 수의를 버리고 도망이라도 가고 싶었다. 택시에 올라탔을 때, 막다른 두려움은 왈칵 눈물로 온몸을 흔들면서 튀어 올랐다. 고작 죽음을 예정하는 수의를 갖다 드리면서 오래 살기를 바라다니, 이게 무슨 효도인가….

한국에서의 삶의 흔적들을 모두 지우고 캐나다로 출발하기 전 며칠을 친정집에서 보냈다. 과민하신 엄마의 설사가 며칠째 이어지고 있었다. 자식을 먼 곳으로 떼어 보내는 엄마의 가슴앓이가 설사 증상으로 나타났고 급기야 탈수로 이어졌다. 우리 가족이 캐나다로 떠나는 날, 김포공항까지 타고 갈 차가 오기를 기다릴 때, 엄마는 앰뷸런스 차를 타고 병원으로 가셨다. 내가 본 엄마의 살아생전 마지막 모습이다. 내 살길에만 급급해 병중의 부모님의 마음을 헤아리지 못했다는 죄책감도 이민 가방에 넣어 가지고 와야 했다. 그리고 일 년 후 누런 삼베옷을 입으시는 엄마의 모습을 목전에서 봐야 했다.

캐나다에서 삼베수의를 보다니 감격스러웠다. 삼베수의의 소매는 활옷처럼 폭이 넓어 날개를 연상시켰다. 하늘로 날아오르기에 더없이 좋아 보였다. 갓 태어난 아기가 입는 배냇저고리를 보았을 때 저절로 입가에 미소가 번지는 것은 단지 앙증맞고 귀여워서가 아니라 옷이 품고 있는 희망을 보기 때문이지 않을까. 날개옷 같은 삼베수의를 입고 있는 친구의 어머니를 보면서 삶의 끝에도 희망이 있음을 가슴으로 느낄 수 있었다. 수의라는 말만 들어도 두려울 적도 있었지만 이제 더는 그렇지 않다. 끝이 안 보인다고 끝이 없는 것이 아님을 알고 있기에 이제는 관심이 절로 가지며, 내 날개옷을 생각하게 된다. 이 세상에서 가져갈 수 있는, 완전한 내 것은 주머니도 없는 삼베옷 한 벌뿐인 것을….

고종명의 복을 누리신 어머니를 보내드리는 친구는 울음이 북받치는지 말을 잇지 못했다. 나도 삼베 수의를 입으셨던 엄마 생각이 나서 차마 친구의 젖은 눈을 보지 못하고 그저 친구의 손만 힘주어 잡아주었다.

강신봉

samkang39@hotmail.com

가을 하늘 기러기
가인의 역사 이야기

가을 하늘 기러기

시월 하순, 가을 하늘에 기러기 떼가 줄을 잇는다. 저물녘 수십 마리씩 떼를 지어 붉은 노을을 헤치고 바쁘게 날아가는 광경은 장관이 아닐 수 없다. 꺼억 꺼억, 쉬지 않고 지절거리며 무엇을 말하는 것일까? 고공을 날며 굴뚝에서 흘러나오는 매연의 공해를 이야기하는 것일까? 아니면 끝도 없이 꼬리를 물고 움직이는 고속도로의 자동차를 내려다보며 도시를 떠나야 한다고 상의라도 하는 것일까? 남쪽으로, 남쪽으로 날아가서 어디로 가는 걸까? 나는 목이 아프도록 기러기 떼를 올려다보며 끝없는 상념(想念)에 잠긴다.

기러기는 부부간의 사랑을 상징하는 기념물적 존재다. 기러기는 한번 사랑의 연(緣)을 맺으면 평생을 같이한다고 들었다. 불행하게 한쪽이 세상을 떠나도 재혼은 안 한단다. 평생을 외로이 살다가 죽음을 맞이하는 것이 기러기가 지키고 살아가는 절개요 순결이다. 우리의 전통 혼례식에서 기러기 한 쌍을 상징물로 가져다 놓고 신랑 신부가 맞절하는 것은 기러기의 의리와 절개를 닮아

해로하라는 의미가 있다. 나는 매일 한 시간씩 산책하는데 작은 호숫가를 지나는 숲길을 택한다. 호수에서 쌍쌍이 놀고 있는 기러기들을 바라보면 내 마음도 사뭇 정겨워지기 때문이다.

기러기가 하늘을 날아가는 모습을 보면 그들이 얼마나 질서 있는 동물인가를 가늠할 수 있다. 정연하게 줄 맞추어 선두를 따라 날고 내려앉는 걸 보면 기러기는 자기 분수와 위치를 잘 아는 동물이라는 생각이 든다. 기러기가 새끼들을 기르는 모습을 보면, 제일 먼저 군율(軍律)을 가르치는 것 같다. 온 가족이 나란히 수영하는 법, 형제간의 질서를 지는 법, 한 가족애로서 서로를 사랑하는 법, 다른 가족과 함께 모여서 나는 법, 그리고 이동부대의 선두에 설 지휘관이 뽑히면 그의 명령에 절대복종해야 하는 엄격한 군율을 지키라고 가르치는 것 같다. 그러니 기러기는 동물군(動物群) 중에 군자(君子)에 속한다고 생각한다.

기러기는 이 넓은 땅을 마음대로 소유하고 평화롭게 살아가는 자유의 철새다. 한 철을 살다가 때가 되면 다른 고장을 찾아간다. 이동할 때는 몇몇 가정이 무리를 지어 한 부대를 이루고 대표를 뽑아 지휘계통을 확립한 후 다 같이 움직이는 철새 동물이다. 캐나다 온타리오의 기러기들은 10월 하순쯤, 추운 겨울철이 다가올 무렵이면, 미국의 남부 루이지애나 주와 텍사스 주 그리고 멕시코 북부까지 약 4000km를 날아간다고 한다. 일본의 철새들은 봄철이 오면 러시아 캄차카반도까지 올라갔다가 가을철에 내려오고, 한국의 제비들은 겨울철이면 월남까지 내려갔다가 봄철에 다시 한국을 찾아온다. 누가 그렇게 이동하며 사는 것이 삶이라고 가르쳐 주었는지는 아무도 모른다. 그러나 그들은 철이 되면 어김없이 그렇게 머나먼 자기들의 장소를 찾아간다. 그들에게는 지도도 없고 독도법을 배운 바도 없지만, 그들은 틀림없이 그렇게 자기들의 옛 장소를 찾아간다.

기러기는 하늘과 뭍과 물을 다 소유하는 자유 공간의 소유자다. 하늘과 뭍과 물을 자유자재로 만끽하며 살아가는 기러기 떼들을 보노라면 겨우 땅 위를 두 발로 걸어 다녀야 하는 인간이 너무도 답답해 보인다. 저렇게 훌훌 하늘을 날 수 있다면 얼마나 자유로울까? V자형 종대를 이루고 천연스럽게 이야기를 나누며 날아가는 기러기 떼는 너무도 아름다운 행군의 모양새가 아닐 수 없다. 인간이 재주를 부려 자동차를 만들고, 배를 만들고, 비행기를 제작해서 기러기가 움직이는 행동을 따라 하려 하지만 어떻게 자연스러운 기러기의 모습을 따라갈 수가 있을까!

캐나다의 기러기는 자기 자녀들을 엄마와 아빠가 같이 키운다. 엄마는 앞에서 새끼들이 가야 할 곳을 안내하고, 아빠는 뒤에서 사주를 경계하며 새끼들을 보호한다. 참으로 묘한 진리다. 어미가 알을 부화(孵化)하기 위하여 3주간을 수고한다. 알을 품고, 식음을 전폐하고, 어미의 체온을 전달하며 두 발로 알을 굴리면 20여 일 만에 새끼 오리가 깨어 나온다. 그렇게 어미 오리는 수고를 한다고 하지만 아빠 오리도 그에 못지않게 수고하는 것을 보면 더 안타깝다. 할 일 없이, 알을 품고 있는 어미 처소의 주위를 돌면서, 사주경계를 하는 일, 웬만한 인내가 없다면 인간으로서는 하기 어려운 일이 아닐 수 없다. 밤이나 낮이나 쉬지 않고 보초를 서는 것이다. 아! 참으로 무서운 사랑의 계율이 아닌가? 몇 마리건 새끼들이 부화가 되면 그때부터 부부는 철두철미하게 새끼들을 보호하고 양육시키는 일에 전념을 한다. 물에 들어가 수영을 연습시킬 때도 어미가 앞장을 서고 아빠는 뒤에서 자주 경계를 한다. 약 넉 달간, 물고기 잡아먹는 법, 헤엄치는 법, 나는 법 등 모든 훈련을 마치고 제각기 삶을 찾아갈 수가 있게 성장하면, 부모는 새끼들에게 자재 권(自裁 權)을 부여하고 부모 곁을 떠나게 한다. 참으로 눈물겹게 지극 정성을 다해서 부모 노릇을 한다.

Canadian goose는 참으로 멋지게 생겼다. 풍채도 어느 날짐승보다 우람하지만 다른 날짐승을 괴롭히지 않는다. 오리나 갈매기와도 이웃하여 수영한다. 아주 멋진 신사와 같고, 왕자와도 같이 고매해 보인다. 나는 오늘날 우리가 겪고 있는 중국과 한국을 비유해 본다. 한국에 사드를 설치했다고, 중국에 있는 한국의 기업을 괴롭혀 내쫓아 버리는 덩치 큰 중국의 행동을 생각해 본다. 캐나다 기러기같이 우아하고 고매한 품위는 전혀 없는 나라가 아닌가.

새로운 문명의 이기 속에서 개인주의와 물질주의 그리고 패권주의는 나날이 그 양상이변하고 있다. 끝없는 욕망 추구 속에서 서로가 싸우고 괴롭게 살아가는 아비규환을 내려다보며 하늘을 나는 기러기들이 비웃음과 실소(失笑)를 던질 것만 같다.

가인의 역사 이야기

"설마가 사람 잡는다"는 말이 있다. 아주 흔하게 쓰이는 말이다. 이 말이 거저 생긴 것이 아니다. 속담은 반복되는 역사와 환경 속에서 저절로 우러나오는 진실이다. 우리의 역사는 "설마"라는 단어와 아주 친숙해 왔다. 우리 민족이 어떻게 "설마"라는 단어에 현혹되어 왔는지 지난 일을 되돌아본다. 그리고 지금도 '설마'의 역사를 되풀이 하고 있는 우리 스스로를 꼬집어본다.

하나, 율곡의 10만 대군 양병설

1583년, 임진왜란이 일어나기 10년 전의 일이다. 오늘날 국방부 장관에 해당하는 벼슬자리, 병조판서에 오른 이이 율곡이 선조 임금에게 진언하였다. "우리나라는 10만 병력을 갖추어야 합니다. 앞으로 10년 이내에 국가 대란이 일어날 징후가 예상됩니다." 갑자기 10만 양병설을 주장하는 율곡의 말에 어안이 벙벙한 임금은 그 이유가 궁금하였다. "아뢰옵기 황공하오나, 일본의 움직이는 징후가 심상치 않사옵니다." 나라의 백년대계를 내다보는 혜안이 밝기로 이름난 율곡의 말에 임금은 한참 동안 생각을 하면서 걱정을 하기 시작하였다.

그러던 어느 날, 선조는 만조백관들을 모아 놓고 율곡의 "십만양병설"을 검토하라고 지시를 내렸다. 왜 십만 명이냐? 우리나라는 8도인데, 도마다 일만 명의 정예병을 갖추게 하고 수도인 한양을 방어하기 위하여는 최소한 2만의 정예군이 필요할 것이니까 10만 명의 병력이 필요하다고 율곡은 풀이하였다. 조선이 10만의 강군을 가지고 있으면 아무도 넘보는 자가 없겠지만 그렇지 못하면 일본이나 중국이나 오랑캐 족들에 이르기까지 우리를 넘보게 될 것이라고 주장하였다. 특히 일본을 지적하였다.

당시 일본은 한참 동안 국내 평정이 어지러웠으나 도요토미 히데요시의 세력이 일사천리로 진압을 해 나가고 있는 판인지라, 그 국지전이 다 끝나면 야심이 가득한 도요토미 히데요시가 조선을 넘보게 될 것이라고 예견을 한 것이 율곡의 혜안이었다. 그래서 10만 병력을 양성해 놓으면 도요토미 히데요시의 야욕을 예방할 수가 있다고 믿은 것이다.

이때부터 우리나라의 조정은 동인과 서인 간에 당파싸움이 점차 격화되어 국내정세는 물론 세계를 보는 눈도 어두워지기 시작하였다. 서인의 주류인 율곡의 주장에 반기를 들고 나온 것이 동인들이었다. 반대를 위한 반대의 당파싸움이 나날이 심화되었다.

"전하, 아뢰옵기 황공하오나 율곡의 말에는 많은 하자가 있사옵니다. 지금 나라의 양곡이 부족하여 백성들이 굶주리는 일이

다분한데 10만 명을 양병한다 함은 극히 불가하다고 사료됩니다. 또한 일본이 지금 내전에 온 힘을 다 쏟고 있는데 설마하니 그들이 조선에까지 여세를 미칠 것이라는 생각은 너무도 요원한 상상이라고 사료됩니다. 식량이 부족하여 백성들이 기근을 면치 못하고 있는 판인데 전쟁설까지 나돌면 민심이 흉흉해져서 불안감이 가세할 것이니 지나친 염려를 접으시옵소서. 설마하니 일본이 쳐들어 올 것이라는, 그런 생각을 예견한다는 것은, 땅이 꺼질까를 염려하는 것과 같사옵니다."

밤새워 염려하던 선조의 귀에는 동인들의 말이 가깝게 들려 왔다. 그래서 10만양병설은 뒤안길로 사라지고 말았는데, 10년 후 1592년 4월 13일, 일본의 700척 13만 병력이 부산포 앞으로 들이닥쳤다. 임진왜란이 터진 것이다. 설마, 설마를 믿던 우리나라는 7년간의 전쟁과 굶주림에 시달리니 나라꼴이 말이 아니었다. 설마를 믿던 우리 민족의 운명과 한반도는 참담한 비극의 현장으로 전락하였다. 임진왜란 때의 일을 잘 알고 있지만 지금도 '설마 그러려고?' 하는 가상의 역사는 지금도 계속되고 있다. 설마를 믿지 않는 그 정신 자세는 지금도 우리 민족의 뇌리를 지배하고 있다. 그래서 설마의 사건을 믿지 않는 우리 민족의 비극은 지금도 계속되고 있는 것이다. "서울을 불바다로 만들겠다"는 북한의 공갈을 믿는 이가 없다. 그러나 미친개가 사람을 무는 일이 생긴다면 어이하겠는가?

일본군이 부산포에 상륙한 지 23일 만에 서울이 함락되었다. 서울을 향한 일본군의 진격은 얼마나 빨랐는지 전쟁의 사실을 알리는 우리의 파발마보다도 더 빨랐다. 그때 비가 얼마나 많이 계속 쏟아졌는지 부산포에서 왜구의 침략을 알리는 봉홧불이 서울에 전달될 수가 없었다. 왜구들이 수원에 도착했을 무렵에서야 선조는 일본군이 쳐들어와서 전쟁이 발발한 것을 확실하게 알 수 있었다. 다급해진 선조는 한밤중 어둠 속에서 부랴부랴 몽진 길에 올랐다. 임진강 나루턱에 다다르니 사방천지가 칠흑으로 컴컴하여 몽진의 일행은 어떻게 강을 건너야 할지 방향을 잡을 수가 없었다.

여기에 한 이야기가 있다. 10년 후에 임진왜란이 일어날 것을 예견하고 있었던 율곡은 임진강 나루턱 위에 정자를 지어 화석정(火釋停)이라 이름하였다. 이 정자를 지을 때, 율곡 선생은 진두지휘하며, 기름에 젖은 걸레로 정자의 마루와 기둥을 닦으라고 하였다. 그리고 임종을 하면서는 이 정자와 관련하여 어려운 일이 닥치면 열어 보라고 봉투 하나를 남겼다고 한다.

선조의 어가가 이 화석정 앞 나루에서 칠흑의 어둠에 휩싸여 방향을 잃고 어찌할 바를 모르고 있을 때, 도승지 이항복이 느껴지는 바가 있어서, 율곡이 남긴 그 봉서를 열어 보았다. "화석정에 불을 지르라"고 쓰여 있었다. 말씀대로 불을 지르니 기름 묻은 그 정자가 대낮같이 밝게 주위를 밝혔다. 그리하여 선조의 어가가 무사히 강을 건널 수가 있었다. 바로 그곳이 화석정(火釋停)이다.

무지한 설마의 역사 속에서도 우리나라가 살아남을 수 있었음은 이율곡 같은 훌륭한 예지의 석학이 있었기 때문이요, 이후에 임진왜란을 대승으로 이끈 이순신 같은 충절의 의인이 있었기 때문이다.

임진왜란은 우리 한반도에서 "설마, 설마를 믿다가 일어난 가장 큰 대란"이었다.

둘, 임진왜란

선조 25년, 1592년 4월 13일, 700척의 병선과 13만 명의 왜병이 부산포 앞바다에 나타났다. 부산포의 첨사 정발의 군대 8,000명은 왜군의 조총 앞에서 전멸을 당하였다. 일사천리로 북진을 한 왜군은 이일과 신립장군의 가벼운 저항을 받았으나 파죽지세로 쳐부수고 23일 만에 서울을 점령하였다.

조선의 육군은 그렇게 전멸을 당하였지만, 전라 좌수사 이순신은 경상 우수사 원균을 도와 첫 번째 해전 옥포전투에서 대승을 거두었다. 이순신의 두 번째 해전인 사천전투에서 그는 철갑선 거북선을 투입하여 적선을 마구 쳐부수었다. 이어서 당포(통영 부근) 당황포(고성 부근)에서도 승리를 거두니 일본의 병선들은 거북선만 보면 기겁을 하여 도망쳤다. 이순신의 3차전은 한산도 앞바다에서, 그리고 4차전은 부산해전이었는데 모조리 쳐부수니 왜선들은 혼비백산하였다. 이후 이순신은 삼도수군통제사가 되어 우리 해군의 총지휘관이 되었다. 우리 해군이 제해권을 완전히 장악하였다.

한편 그해 12월에 명나라의 이여송이 원군 45,000명을 이끌고 압록강을 건넜다. 평양성에서 왜군과 대접전하여 승리를 거두었다. 하지만 벽제관에 이르러 이여송 군대는 왜군에게 대패를 당하였다. 이후 명나라의 원군은 평양으로 퇴각하여 왜군과 싸우기를 꺼리면서 조선 조정에는 거만을 부리고 거들먹거리고 있었다.

왜란이 일어나자 각처에서 민족의 의분이 솟구쳐 의병들이 일어났다. 곽재우, 고경명, 김천일, 정문부, 승려 유정과 같은 사람들이다. 의병들의 치고 빠는 싸움에 왜군은 몹시 괴로워하였다. 남쪽에서 왜적의 수로를 막는 이순신, 육지에서 오도 가도 못하게 왜군의 움직임을 방해하는 의병들, 그리고 평양성에서 뻗치고 있는 명나라의 이여송 군대로 말미암아 왜군과 아군 간의 전투는 서서히 소강상태로 들어갔다. 그리고 왜군과 명군 사이에 협상하기 시작하였으나 성사를 이루지 못하고 결렬됨으로 도요토미 히데요시는 14만 대군으로 재차 침입을 시도하였다. 그것이 1597년, 선조 30년에 재침을 당한 정유재란이다. 2018년, 지금으로부터 421년 전의 일이다.

이렇게 전쟁이 몇 년을 끌다 보니 우리 조선의 백성들은 농사도 제대로 지을 수가 없었고, 일본놈들은 식량 조달이 제대로 안 되니 우리 백성들의 식량을 약탈하고 민폐를 끼쳐서 백성들의 삶이 말이 아니었다. 식량뿐만이 아니라 조선의 여인들을 겁탈하고 민가에 불을 지르고 왜놈들의 만행은 끝이 없이 계속되었다.

이때 원균은 경상 우수사로 있었는데 전투 실적이 미진하여 충청 병사로 좌천당하였다. 이순신의 벼슬이 높아지고 자기가 좌천을 당한 것을 분하게 생각하고 있는 원균은, 수하의 일부 군신들과 결탁하여, 불타는 복수심으로 이순신을 모함하는 글을 임금에게 상소하였다. 자기가 해전에서 실패한 이유는 자기의 전함이

위기에 처해 있을 때 이순신이 도와주지 않아서 패전하게 된 것이라 하였다. 이순신은 직위해제를 당하고 죽음을 겨우 모면하는 모진 고문을 당하였으며 권율 장군의 휘하에서 백의종군케 하였다. 다시 삼도수군통제사가 된 원균은 왜군과 다시금 일전하였지만 전멸을 당하고 그 자신도 적병에게 끌려가서 죽임을 당하였다. 승전의 쾌거를 올리는 왜군들은 해전은 물론 전주와 진주성을 함락하고 약탈과 살육을 일삼았다. 조선 사람들의 귀와 코를 베고 손바닥에 구멍을 내어 오랏줄로 묶어서 끌고 다녔다. 집과 숲에 불을 지르기가 일수였고 여인네를 마음대로 강간하였다.

이렇게 조선의 수군이 패배하고 약탈당함에 당황한 조정에서는 감옥살이 하고 있는 이순신을 다시 수군통제사로 임명하였다. 거의 전멸을 당하고 남은 배 열두 척을 가지고 그는 싸워야 했다. 명나라의 수군 진린의 부대와 합동작전으로 명량대첩에 임하였다.

1599년 11월 19일, 선조 31년, 도요토미 히데요시가 사망하였다. 왜군은 조선에서 퇴각하라는 명령을 받았다. 그 퇴각하는 왜군을 섬멸한 것이 명량대첩의 싸움이었다. 이순신 장군의 열두 척 배 앞에서 왜군은 또 전멸을 당하였다. 400척의 왜병 선박은 거의 다 침몰하였고 불과 몇 십 척만이 살아 도망쳤다. 이 싸움에서 이순신은 거의 모두를 전멸시켜 대승을 거두었으나 애석하게도 그 자신은 적군의 유탄을 맞아 최후를 마쳐야 했다. 7년간의 임진왜란은 이렇게 끝났으나 설마, 설마를 믿던 전쟁 후유증은 이후 수십 년간 백성들의 삶을 도탄에 빠트렸다.

셋, 일본 통신사 황윤길과 김성일

설마, 설마 그런 일이 벌어지려고? 그렇게 생각하던 세 번째 이야기는 일본에 통신사로 다녀온 황윤길과 김성일의 이야기이다.

1592년 임진왜란이 일어나기 10년 전, 그러니까 1583년에 병조판서 율곡 선생이 10만양병설을 주장하다가 동인들의 세력에 밀려 좌절을 당하고 말았다. 하지만 일본이 쳐들어올 것이라는 소문은 백성들의 입에서 입으로 번져가며 계속해서 흉흉하게 나돌았다. 그도 그럴 것이 당시에 조선을 침략하려는 일본의 도요토미 히데요시가 한국에 많은 첩자를 내보내어 조선의 민심이나 군사문제의 파악이나 당파싸움을 하는 조정의 양상을 조사하고 있었다. 그들은 대마도에서 부산포를 왔다 갔다 하던 밀무역꾼들로 특채가 되어 첩자 훈련을 받은 자들이다. 그 첩자들은 승복을 입거나 거지 행각을 하면서 팔도강산을 다 헤매고 다녔다. 중(僧)의 행세를 하고 방방곡곡을 헤매 돌고 있는 이 첩자들과의 이야기로 인하여 전쟁설이 은은히 퍼져나간 것으로 생각이 된다. 하지만 이들이 일본의 도요토미 히데요시가 풀어 놓은 첩자라는 것을 알아차린 사람은 아무도 없었다. 조정에서는 당파싸움하기에 여념이 없었기에, 도요토미 히데요시가 첩자를 보내 조선의 내막을 샅샅이 염탐하고 있다는 것을 상상도 못하였다.

1589년, 도요토미 히데요시가 처음으로 일본 전국을 통일하고 확고한 실권자의 자리에 오르니 조선 침략의 소문은 점차 짙어가고 있었다. 14대 선조 대왕은 이러한 소문으로 번져가는 불안을 어찌할 것인가를 생각하다가 일본에 통신사(문화 사절)를 파견하여 그들의 동태를 살펴보고자 했다. 한 일 년쯤 일본을 두루 돌아다니며 문화 사절 행세를 하면서 일본의 전쟁대비 현황을 살펴보고 오도록 한 것이다. 비밀리에 첩자 임무를 수행토록 밀지를 내린 것이다. 하지만 일본은 조선의 속을 다 꿰뚫어 보며 선조의 그 통신사 파견의 계략을 다 알고 있었다. 참으로 엉성한 임금의 생각이었다.

1590년 3월, 당시 세력을 잡고 있던 서인 중에서 황윤길을 정사로 하고, 동인의 김성일을 부사로 하며, 서장관에는 동인의 허성을 임명하여, 그해 3월에 일본의 사신이었던 종의지 등과 함께 출발하였다. 4월에 대마도를 거처 일본의 오사카에 도착을 하였다. 하지만 우리의 사신들은 바로 도요토미 히데요시를 만나지 못하고 3개월간이나 대기 상태로 허송세월을 하는 맥 빠진 일이 생겼다. 사건의 내막인즉, 일본이 벌써 우리 사절단의 진의를 파악하고 있었기 때문이었다. 그러면서 도요토미 히데요시가 이렇게 저렇게 이유를 만들어 우리의 사절들이 전국순회를 제대로 할 수 없도록 선수를 쓰고 있었다. 3개월의 대기상태 후에 겨우 만나주었는데 그 푸대접이야말로 말할 것이 없었다.

조선왕조실록에 기재되어 있는, 우리 사절단과 도요토미 히데요시의 면담 상황은 다음과 같다. "도요토미 히데요시의 용모는 왜소하고, 못생겼으며, 얼굴은 거무튀튀하고, 주름져 있어서, 마치 원숭이의 형상이었다. 눈은 쑥 들어갔으나 눈동자가 빛나 사람을 쏘아보았는데, 사모(紗帽)와 흑포(黑袍) 차림으로 방석을 포개

앉고, 신하 몇 명이 배열하여 모시고 있었다. 사신이 좌석으로 나아가니, 연회 준비를 전혀 해 놓지 않았고, 앞에 탁자 하나를 놓고 그 위에 떡 한 접시를 놓았으며, 옹기 사발로 술을 치는데 술도 탁주였다. 세 순배를 돌리고 끝냈는데 수작(酬酌)하고 읍배(揖拜)하는 예는 없었다. 얼마 후 도요토미 히데요시가 안으로 들어갔는데 자리에 있는 자들은 움직이지 아니하였다. 잠시 후에 평복(便服)차림으로 어린 아기를 안고 나와서 당상(堂上)에서 서성거리다가, 조선 악공을 불러서 여러 곡을 성대하게 연주하도록 하였다. 음악을 듣다가 어린아이가 옷에다가 오줌을 누웠다. 히데요시가 웃으면서 시녀를 불러 아이를 건네주고, 다른 옷으로 갈아입었는데, 모두 태연자약하여 방약무인(傍若無人)한 행동이었다. 사신 일행이 사례하고 나온 뒤에는 다시 만나지 못하였다."

1591년 3월, 일본을 일 년간 돌아다니다 돌아온 통신사 일행은 서울에 돌아와 선조에게 다음과 같이 보고를 하였다. 그런데 정사 황윤길과 부사 김성일의 보고내용은 정반대였다.

정사 황윤길 : "전하! 일본을 돌아보고 온 저의 견문의 결과를 아뢰옵니다. 반드시 병화가 있을 듯하옵니다. 항구마다 배들이 많이 정박하여 있는 것을 보았는데 아무리 보아도 그것들이 모두 어선으로 보이지는 않았습니다. 히데요시의 눈은 광채가 있고, 담략이 남달라 보였습니다. 아무래도 전쟁을 대비하여야 할 줄로 아옵니다. 전하! 통촉하여 주시옵소서. "

부사 김성일 : "히데요시의 관상을 보니 원숭이 같았고, 눈을 뜨는 모습이 마치 쥐와 같았으며, 생김새도 변변치 못하여 큰일을

치를만한 인물은 아니었습니다. 황윤길이 장황하게 아뢰어 민심을 동요시키니 사리에 어긋나는 줄로 아옵니다. 전쟁을 일으킬 만한 증거가 없었으며, 설마 전쟁을 치른다 하여도 그 먼 뱃길에 쉬운 일이겠습니까? 너무 심려치 마시옵소서."

선조께서 이 두 사람의 제각기 다른 보고를 받고 나서 어떻게 해야 할지 어정쩡하였다. 그래서 이번에는 서장관 허성을 불러, 보고 느낀 대로를 이야기하라고 하였다. "제가 보고 느낀 바는 정사 황윤길의 의견과 같사옵니다." 허성이 동인인데도 불구하고 그는 솔직하게 자기의 의사를 고하였다. 임금은 또다시 미궁에 빠졌다. 왜냐? 당시 조정에서는 세자 책봉 문제를 놓고 서인과 동인이 한참 기 싸움을 하였는데 선조 대왕의 의견이 동인 편으로 기울어짐에 정철 등 서인의 세력은 약화되어 갔다. 새로 세력을 잡아가는 동인들은 패거리를 이루어 맨날 조정에 들어가 임금에게 김성일의 의견이 옳다고 감읍을 하니 임금은 차츰 그쪽으로 기울어질 수밖에 없었다. 전쟁의 기미가 없다고 강력히 주장하면서, 설마 일본 놈들이 쳐들어온다 하여도 문제가 아니라는 듯이 우겨대는 동인들의 간청에 선조는 또다시 설마를 믿게 된 것이다.

동인에 속하면서도, 서인 황윤길의 편에 서서 정직하게 여행 보고를 한 허성은 동인들의 등쌀에 못 이겨 아주 피나는 고초를 겪었다. 이렇게 해서 일본 통신사 사건은 오히려 분당의 빌미만 커졌을 뿐, 아무런 도움이 되지 못했다. 1592년 4월, 이 통신사들이 일본에서 돌아온 지 1년 만에, 도요토미 히데요시는 700척 13만 대군으로 조선을 침략하였다. 당파싸움에 눈이 어둡고, 설마,

설마를 외면한 채, 안이한 길만을 찾아가려는 우리 민족의 속마음은 결국 임진왜란이라는 엄청난 비극을 초래한 것이다.

지금도 서울에 가 보면 국민들의 안의와 안보의식을 외면하려는 모습을 쉽게 느낄 수 있다. 이 고질병을 고치지 못하는 한 우리 민족의 미래는 또 그렇게 비극으로 연결될 가능성이 다분하다. 국가의 안보는 어떤 이념보다도, 자유와 인권보다도, 헌법이 보장하는 권리보다도 더 앞서 있다는 것을 온 국민이 절실하게 느끼지 않는다면, 우리의 미래는 임진왜란의 전철을 또 밟게 될 것이다. 설마의 역사는 지금도 계속되고 있다.